Alle Namen, außer meiner,
sind frei erfunden.
Orte und Einrichtungen sind
Realität.

Wie alles begann

Nach zwei gescheiterten Beziehungen, die erste ging sieben Jahre, daraus resultieren ein Sohn und eine Tochter und die zweite ging zweieinhalb Jahre, kam er, Richard.

Wir lernten uns auf einer Weihnachtsfeier der Polizei kennen, die ich mit meinem Cousin besuchte, an einem Freitag den 13. Dezember und ich wollte ihn unbedingt wieder sehen.

Bei unserem ersten Date 9 Tage später, erzählte mir Richard, dass er sich nicht wieder verlieben möchte weil bereits zwei Frauen bei ihm ausgezogen waren. Das sollte aber für mich kein Problem werden, da ich selber ein Haus habe und er gerne zu mir ziehen konnte. Platz war genug.

Wir trafen uns regelmäßig und kamen uns immer näher. Obwohl er damals noch in einer eher lockeren Beziehung war. Seine Worte höre ich heute noch. „Ich kann mich jederzeit problemlos trennen, wir sind nicht aus Liebe zusammen sondern nur, damit keiner alleine ist." Na so was. Das hatte ich ja noch nie gehört.

Also hat sich Richard getrennt und sich für mich entschieden. Ich war glücklich. Wir fanden immer mehr gemeinsame Interessen, gingen gerne wandern in die Berge, nach Österreich oder Südtirol und wir radelten gerne zusammen. Das waren Hobbys, die unsere vorhergehenden Partner nicht mit uns teilten und nun konnten wir diese gemeinsam genießen. Richard hatte auch zwei Kinder, Söhne,die schon etwas älter waren als meine Kinder. Und somit waren weitere Kinder für uns kein Thema.

Am Anfang war es mit zwei Häusern nicht so einfach, er konnte nicht verkaufen, da sein Vater lebenslanges Wohnrecht hat. Und für uns drei war zu wenig Platz in seinem Haus. Wir waren mal da und mal dort. Bis meine Tochter auszog. Dann ist er ganz zu mir gezogen und hat seine Wohnung seinem Sohn, inzwischen mit Freundin, überlassen.

Es ging uns auch finanziell sehr gut. Jedes Jahr waren wir zwei bis dreimal verreist, meistens machten wir einen Faulenzerurlaub und einen aktiven. Und Richard fand immer irgendwelche Anlässe für besondere Urlaubsziele. Kurzum, für mich war er der Sechser im Lotto mit dem ich alt werden wollte und ich war sein Fünfer mit Zusatzzahl, so sagte er es damals.

Noch nie habe ich mich so glücklich gefühlt wie bei ihm und so kam es, dass ich eines

Tages sagte, „Wenn wir heiraten würden, das wäre für mich der i Punkt."

Ich war vorher noch nie verheiratet und er war einmal geschieden. Dabei hatte er schlecht abgeschnitten und sagte seine Exfrau hat ihm alles genommen. Er fing bei Null an. Somit war er vorsichtig. Aber ich sagte, „Ich heirate nicht um dir auf der Tasche zu liegen oder dass du für mich, im Falle einer Trennung Unterhalt bezahlen sollst, ich bin anders als andere Frauen und stand schon immer auf eignen Beinen." Und so heirateten wir im Mai 2005, an einem Freitag den 13., weil Freitag der 13. unser Glückstag war.

Die ersten sechs Jahre waren die besten in meinem ganzen Leben. Alles war perfekt. Aber mit der ersten Schwiegertochter begannen unsere ersten Probleme. Mit dem bekannt werden der ersten Schwangerschaft und der zweiten Schwiegertochter wurden unsere Probleme größer und es kam zu immer mehr und mehr Spannungen zwischen uns. Inzwischen waren Schwiegertöchter ein Tabu Thema für uns um jeden Streit zu vermeiden. Aber es war nicht möglich. Richard stand einfach nie hinter mir und sagte nur, „Die Schwiegertöchter gehören zur Familie." Und ich? Ich war nur noch gut genug für gemeinsame Freizeitgestaltung, wandern, Rad fahren, kegeln und Schluss.

Da fielen mir wieder die Worte ein, „Wir sind nicht zusammen weil wir uns lieben, sondern damit keiner alleine ist." War es bei uns jetzt auch schon soweit? Nein das reichte mir nicht und auch wenn Richard fragte was ich denn eigentlich will, dreimal im Jahr in Urlaub, das haben andere nicht. Aber für mich müssen auch die Zeiten zwischen den Urlauben stimmen und ich möchte das Gefühl haben, geliebt, verstanden und akzeptiert zu werden. Unsere Urlaubsreisen waren immer sehr schön und wie gesagt gab es für besondere Anlässe auch besondere Reisen.

Zum Beispiel 100 Monate Kennenlerntag, da gab es eine 4-wöchige Karibik- Transatlantik-Kreuzfahrt. Dann kam 2013, für Richard wieder ein besonderer Anlass. Wir wurden zusammen 100 Jahre alt, Richard 55 und ich 45. Dieses mal sollte es nach Kenia gehen, zwei Wochen, Strand und Safari, das klang gut. Und in diesen Urlaub starten wir auch an einem Freitag den 13. vom Flughafen Frankfurt/Main.

Das erste mal in Kenia

Am 14. Dezember um vier Uhr früh erreichten wir Mombasa. Mit dem Transfer Taxi fuhren nur wir zwei zum Hotel am Galu Beach. Die armseligen Hütten und Verkaufsstände entlang der Straße konnten wir nur im dunkeln erkennen. Im Hotel angekommen war einfach alles traumhaft schön, das Zimmer, das Personal, das Essen, der Palmengarten und der Strand. Dort war von der Armut außerhalb nichts mit zu kriegen.

Wir waren auf Safari in Tsavo Ost und West und haben alles sehr genossen. Im Hotel haben wir viel am Animationsprogramm teilgenommen, Bogenschießen, Wassergymnastik oder auch Wasserpolo. Mit Musik am Pool war alles sehr erholsam. Dann kam Heiligabend. Wie froh waren wir, den ganzen Einkaufsstress in Deutschland entflohen zu sein, keine Geschenke einpacken, keine Kochvorbereitungen für die ganze Familie zu treffen. Stattdessen gab es eine Sportolympiade.

Angefangen beim Badminton über Tischtennis, Dart und Bogenschießen. Es war ein Spaß wie wir ihn noch nie zur

Weihnachtszeit erlebt hatten. Am Abend saßen wir vor dem essen noch in einer Hotelbar und tranken jeder ein Bier. Dann gesellte sich Ali zu uns. Ali war vom Animationsteam und wir hatten zum ersten mal mit ihm persönlichen Kontakt am Mittag beim Dart. Dort hatte er die Punkte von allen Teilnehmern errechnet. Nun saßen wir zu dritt am Tisch und konnten die Zeit für ungestörte Konversation nutzen. Von Tunesien kannten wir, dass beispielsweise Personal kostenlos auf dem Gelände logieren konnte und auch freies Essen zur Verfügung stand. Ich war neugierig und fragte Ali ob hier auch Kost und Logis für Angestellte frei war. Er sah mich verwundert an und erklärte, dass sie als Animateure außerhalb essen mussten und auch nach der Arbeit nach Hause gehen um dort zu schlafen. Es war nicht ganz einfach sich zu verständigen. Ali sprach fast kein Wort deutsch und ich kein englisch. Richard war so gut es ging der Dolmetscher. Und in der Stunde die wir gemeinsam verbrachten, erfuhr ich sehr viel, zum Beispiel wie Ali lebte, in einem Haus mit nur einem Zimmer, ohne Strom, ohne Wasser, ohne Bad und Toilette. Für uns als Europäer unvorstellbar. Wie wenig sie als Angestellte verdienen und heute nicht wissen was sie morgen essen sollen.

Als Ali wieder seiner Arbeit nachging und Richard und ich alleine waren, sagte Richard zu mir, „Sie erzählen alle nur wie schlecht es ihnen geht um dir das Geld aus der Tasche zu ziehen." Das wollte ich nicht glauben. Ich antwortete, „Aber du hast doch die Häuser gesehen als wir von Tsavo zurück gefahren sind, mitten in der Prärie. Wo soll da Strom oder Wasser her kommen?" Nein, ich war überzeugt dass Ali uns nicht anlügt weil er Geld von uns wollte. Danach kam er jeden Tag zu uns in den Palmengarten und fragte wie es uns geht.

Zu Richard sagte ich," Die Animateure müssen doch so einen Hals auf die vollgefressen AI-Urlauber haben." Dabei nahm ich meine Hand vor meinen Hals um zu demonstrieren wie dick ich meinte. Nicht zu wissen was sie essen sollen heute Abend, schon gar nicht morgen früh und dann für vier Euro pro Tag den ganzen Tag gute Laune verbreiten und Leute animieren zu sportlichen Aktivitäten. Jeden Tag. Wie viele Urlauber sind sogenannte „Krokodil - Urlauber", die einfach nur in der Sonne liegen wollen ohne gestört zu werden. Und am Abend dann noch Show, jeden Abend andere Tänze, nicht einmal in den vierzehn Tagen hat sich davon etwas wiederholt.

Ali kam auch einmal nach der Show und fragte wie es uns gefallen hat und wir antworteten mit einem ehrlichen „Sehr gut!" Ich fand den afrikanischen Rhythmus klasse. Die Auftritte jeden Abend waren eine Augenweide und ich möchte meinen, die Afrikaner haben den Rhythmus im Blut.

Aber wenn ich mir vorstelle, dass ich hungrig so gute Laune verbreiten soll, wie machen die das nur? Die Urlauber kommen vom Abendessen, holen sich ihre Cocktails an der Bar und schauen sich das Programm an. Da stellt sich mir die Frage, wann schlafen die Animateure überhaupt? Bis Mitternacht im Hotel und früh acht Uhr wieder auf der Matte stehen. Ali zum Beispiel hatte eine Stunde Fußweg nach Hause. Es war für mich unvorstellbar. Ali sagte uns auch, am Freitag hat er seinen freien Tag. Aber Freitag war er wieder im Hotel. Es war unser letzter Freitag und ich muss zugeben, dass ich mich schon gefreut habe ihn nochmal zu sehen bevor wir abreisten. So konnten wir uns wenigstens noch vom ihm verabschieden und Richard gab ihm am Ende noch ein Trinkgeld was ihn sehr glücklich machte.

Um Mitternacht wurden wir von einem Taxi zum Flughafen gebracht und dort warteten wir bis 4.15 Uhr auf unsren Rückflug, mit meiner ersten Holzgiraffe im Gepäck. Mit gemischten Gefühlen bin ich nach Hause geflogen, gar nicht so entspannt und freudig wie auf dem Hinflug sondern eher nachdenklich. Und ich war mir nicht sicher ob ich nicht doch nochmal dahin zurück wollte.

Auch wenn außerhalb des Hotels große Armut herrscht und diese auch nicht zu übersehen ist. Aber die Mentalität dieser Menschen ist eine ganz andere. Zufrieden sein mit dem was man hat und immer freundlich. Nicht wie hier so materielles denken, immer das beste und neuste zu haben.

Bereits im Flugzeug von Addis Abeba nach Frankfurt dachte ich darüber nach, wie viele Sorten Brot wir in Deutschland zur Auswahl haben und wie wir eigentlich im Überfluss leben.

Es reifte ein Gedanke in mir, Ali zu kontaktieren und ihm etwas von unserem Überfluss abzugeben. Mit Sicherheit kein Brot, aber irgend etwas würde ich mir einfallen lassen. In Frankfurt stand für mich bereits fest, dass ich Ali einen Brief schreiben werde um ihm meinen Entschluss mitzuteilen. Genaues wusste ich noch nicht. Dazu würde ich später im Internet nachlesen wenn wir

wieder zu Hause sind.
Richard sagte ich noch nichts von meinem
Plan, warum auch. Es kann ja sein, dass mein
Brief nie in Kenia ankommt und schon gar
nicht bei Ali. Ich wusste ja so gut wie nichts
von ihm. Nur seinen Vornamen und wo er
arbeitet. Aber ich hoffte meinen Plan
verwirklichen zu können. Ich weiß, wenn man
etwas erreichen will, dann kostet es manchmal
auch viel Mühe, Kraft und Geduld..

Der erste Brief

Am 04. Januar schrieb ich den ersten Brief an Ali. Darin teilte ich ihm mit, dass ich ihm gerne etwas gutes tun wollte und demnächst mal ein Paket schicken möchte. Wenn er das auch möchte, sollte er einfach auf meinen Brief antworten und mir auch irgendwie beweisen, dass der Brief von ihm ist. Nicht das irgend jemand diesen Brief geöffnet und gelesen hat und sich nun als Ali ausgibt und auf ein Paket wartet,
Von mir habe ich zwei Bilder in den Brief gesteckt, damit auch er weiß wer ihm da überhaupt geschrieben hat. Denn bei so vielen Touristen wird er sich vielleicht nicht an jeden erinnern. Im Internet habe ich gelesen, dass ein normaler Brief in der Regel bis zehn Tage braucht. Es ist schon möglich, dass er auch so gewusst hätte nach zwei Wochen wer ihm schreibt, aber ich wollte auf Nummer sicher gehen.
Nun rechnete ich mir aus, zehn Tage hin und zehn Tage zurück, ein bisschen Bedenkzeit, aber nicht so viel weil er sicher auch möchte, dass ich ein Paket schicke, sollte ich bis Ende Januar Post bekommen. Falls nicht, ist mein

Brief vielleicht nie angekommen. Wie lange würde ich warten? Würde ich es nochmal versuchen oder dabei belassen? Ich wusste es selber nicht genau.

Der Januar verging ohne dass etwas passierte. Meine Gedanken kreisten inzwischen immer um den Brief. Ob er angekommen ist? Dann kam der 22. Februar, zwei Tage nach meinem Geburtstag. Ich hatte Dienst und wie immer rief Richard mich am Abend an. Nach dem üblichen Gefrage über den heutigen Tag sagte er plötzlich, „Ach übrigens, du hast Post aus Kenia. Möchte mal wissen wer dir da schreibt." Da war ich kurzzeitig sprachlos. Nun war endlich eine Antwort aus Kenia gekommen.

Ich sagte zu Richard, „Das erkläre ich dir morgen zu Hause, nicht jetzt hier am Telefon." Als ich am nächsten früh nach Hause kam war Richard schon auf Arbeit. Ich öffnete den Brief und er war tatsächlich von Ali. Er antwortete, er kann sich genau an mich erinnern, ich war die schlechteste am Heiligabend im Dart. Und er würde sich freuen wenn ich ihm etwas schicken würde,egal was. Am Ende vom Brief stand seine Handy Nummer, seine Postanschrift und seine E-Mail Adresse. Außerdem war ein Perlenarmband im

Umschlag auf dem „JAMBO" drauf stand. Ich war richtig glücklich. Jetzt konnte es losgehen und ich informierte mich im Internet wie ich ein Paket mit Nudeln oder Reis oder Kosmetik oder Kleidung nach Kenia senden kann, was es kostet, wie lange es dauert und wie sicher das alles überhaupt ist. Aber was ich da gelesen habe war alles nicht nach meinen Vorstellungen.

Bei allen Paketen muss drauf stehen, was genau der Inhalt des Paketes ist. Dann habe ich weiterhin gelesen, es kann sein, dass ein Paket überhaupt nicht ankommt oder dass vom Inhalt etwas fehlt. Das die Versandkosten für ein Paket mit Versicherung siebzig Euro betragen und wenn der Empfänger Pech hat kann es durchaus möglich sein, dass er dreißig Euro bezahlen muss wenn er es abholt. Na das waren ja niederschmetternde Aussichten wenn er dafür noch dreißig Euro bezahlen muss. Er verdient doch noch nicht mal einhundert Euro im Monat, da wird er sich kaum drüber freuen. War das kompliziert.

Am Nachmittag kam Richard nach Hause und beim Kaffee trinken zum Feierabend erklärte ich ihm, dass ich Ali geschrieben habe. Er fragte wie, du wusstest doch gar keine Adresse. Ich sagte ihm dass ich einen großen

Umschlag genommen habe und an das Hotel am Galu Beach adressiert habe. In dem Umschlag war ein Brief, adressiert an Ali vom Animationsteam. So dachte ich mir wird der Brief schon ankommen wo er hin soll. Und so war es dann letztendlich auch. Dann erzählte ich Richard von meinen Plänen Ali etwas gutes tun zu wollen, ihm ein Paket zu schicken oder so. Aber das fand Richard gar nicht gut. Seine Reaktion darauf war für mich sehr enttäuschend.

„Wir haben vier Kinder und die brauchen unser Geld auch. Du bist nicht Mutter Theresa und du kannst nicht die Welt retten." Bum, das saß. Vier Kinder die alle erwachsen waren und ihr eigenes Geld verdienten. Seine beiden Söhne mit Schwiegertöchtern, die zu dieser Zeit schon nicht mehr zu Geburtstagsfeiern von uns gekommen sind. Wo wir, als wir zu Besuch kamen und dort über Nacht blieben, unser Abendessen nebst Bier und Wasser selber kaufen mussten. Diese Kinder brauchten unser Geld? Nicht mehr mit mir. Das wollte ich auf keinen Fall mehr unterstützen. Und das sagte ich Richard auch. „ Lieber gebe ich jemanden hundert Euro der es wirklich nötig hat und sich darüber freut, als solchen, die es zum Geburtstag einfach nur erwarten, nicht feiern und wir das Geld überweisen." Und als Dankeschön kommen diese Kinder nicht mal zu Besuch zu uns. Darauf hatte ich keine Lust mehr.

Ich schrieb Ali eine lange E-Mail und eine SMS dass er eine E-Mail von mir erhalten hat. Zu dieser Zeit war es noch so, dass er um E-Mails zu lesen zum Cyber Shop gehen musste um dort in seine Post zu gucken. Dafür muss er auch bezahlen und extra hin fahren und ich wollte ja nicht, dass er umsonst hin fährt oder ich wochenlang wieder auf eine Antwort warten muss. Und in einer E-Mail kann man nun mal mehr schreiben als in eine SMS. Außerdem war es einfacher für mich am Laptop eine E-Mail zu verfassen und im Google Translater ins englische zu übersetzen und einzufügen als eine SMS in englisch zu schreiben. Damals hatte Ali nur ein einfaches Handy, kein Smartphone oder gar eine App. Und um besser zu kommunizieren kaufte ich mir auf mein Handy eine App und begann englisch zu lernen.

Im Laufe der nächsten Tage besuchte ich meine Mutter und erzählte von Kenia. Wie arm die Leute dort leben und mit wie wenig diese auskommen müssen. Da sagte meine Mutter zu mir, „Möchte man da nicht am liebsten einen Koffer packen und hin bringen?" Ja, dachte ich, das möchte man am liebsten. Als ich wieder nach Hause ging, ist mir dieser Gedanke nicht mehr aus dem Kopf gegangen. Das war bestimmt der einfachste Weg um etwas an Mann zu bringen. Wenn vielleicht auch etwas aufwendig und kostenintensiver, aber auf jeden Fall sicher. Immer mehr trug ich mich mit dem Gedanken einen Koffer voll zu packen und zurück nach Kenia zu fliegen. Nochmal auch den schönen Strand, das Meer und die Sonne zu genießen.

Ali hatte meine erste E-Mail empfangen und beantwortete diese eine Woche später. Zu Beginn schrieb ich eine E-Mail und in der darauf folgende Woche bekam ich Antwort. So ging das eine ganze Weile und seine E-Mails wurden von mal zu mal wärmer. Es begann mit, ich würde mich freuen dich wieder zu sehen, ich drück dich, ich umarme dich. Zu dieser Zeit dachte ich noch, dass wünsche ich mir alles von meinem Mann. Aber da kam leider gar nichts, schon lange nicht mehr. Ich möchte keinen Mann der mir nur Sicherheit gibt. Das ist vielleicht schön und beruhigend. Aber es reicht mir nicht wenn ich nicht das Gefühl habe geliebt zu werden.

Irgendwann schrieb ich Ali, dass ich am

17

liebsten mit einem Koffer voller Sachen nochmal nach Kenia kommen möchte. Als er das las antwortete er, dass er sich sehr freuen würde wenn ich nochmal käme. Und so kam es, dass ich mehr und mehr überlegte wann und wie ich das umsetzen kann. Im Mai hatten Richard und ich zwei Wochen Urlaub geplant. Davon wollten wir die erste Woche Aktiv-Urlaub machen. Mit dem Fahrrad entlang der Elbe von Cuxhaven nach Bad Schandau. Die zweite Woche war noch für nichts bestimmt. In einer E-Mail fragte ich Ali wann er eigentlich Geburtstag hat und er schrieb mir am 29.05. Da holte ich meinen Kalender und sah, dass der 29.05. 2014 der Männertag ist, in unserer freien Woche und Richard wollte da mit Freunden auf Tour gehen. Das war die einzigste Gelegenheit nach Kenia zu fliegen. Ich rief auf Arbeit an und fragte ob es möglich wäre noch 3 Tage Urlaub anzuhängen. „Das sollte kein Problem sein." sagte mein Chef. Also war mein Plan Montag nach Cuxhaven zu fahren, von Dienstag bis Dienstag auf Radtour und Mittwoch nach Kenia. Da wäre ich pünktlich zu seinem Geburtstag am Donnerstag früh dort und würde Mittwoch, 6 Tage später wieder heim fliegen. Es wäre nur ein kurzer Aufenthalt aber es sollte reichen um einen Koffer abzuliefern.

Ich fuhr zum Reisebüro in unsere Kreisstadt und sagte ich möchte gerne eine Woche nach Kenia, in das selbe Hotel wie im Dezember. Dort kannte ich mich aus, würde mich auch ohne gutes englisch zurecht finden und ich könnte Ali sehen.

Nachdem die Buchung durch war und alles war sicher, sagte ich am Abend bevor mein Mann zum Kegeltraining ging, ich müsste mal mit ihm reden. Darauf meinte er, dass er schon lange merkt, dass ich was auf dem Herzen habe. Ich erzählte von meinem Plan und meiner Buchung nach Kenia. Da merkte ich, wie schlecht ich mich fühlte, ihn so vor vollendete Tatsachen zu stellen. Vielleicht ist das jetzt auch das Ende unserer Ehe. Er sagte erst einmal nicht viel außer dass ihm das nicht gefällt. Und so ging er zum Sport.

An Ali schrieb ich gleich eine lange E-Mail und teilte ihm mit, dass ich zu seinem Geburtstag kommen werde, fragte nach seinen Wünschen, was er braucht oder worüber er sich besonders freuen würde. Seine Antwort lies nicht lange auf sich warten. Er wünschte sich so simple Sachen wie einen Rucksack, einen Regenschirm und Parfüm. Alles nur so kleine Dinge welche ich hier für einen

Spottpreis kaufen konnte.

Am Ende der Mail schrieb er, dass er sich sehr auf mich freut und wie immer öfter, ich drücke und ich küsse dich.

Mir wurde richtig warm ums Herz. Ach wie sehnte ich mich danach mal wieder gedrückt und geküsst zu werden. Inzwischen freute ich mich auch auf ihn. Mit meinem Mann war alles wie immer, Kaffee nach der Arbeit, fernsehen oder lesen, Abendessen, fernsehen und ins Bett, jeder auf seine Seite, gute Nacht, schlaf gut. Schmatz. Es gab bei uns drei Schmatzer am Tag, guten Morgen- Schmatz, guten Appetit- Schmatz, gute Nacht- Schmatz, Ende.

Zwei Wochen bevor es nun losgehen sollte bekam ich einen Anruf vom Reisebüro.

„ Hallo, wir müssen ihnen leider mitteilen das Türkisch Airline ihren Flug nach Mombasa am 28.05. ersatzlos gestrichen hat." Da dachte ich, was denn nun, ich kann das jetzt hier nicht klären, ich bin auf Arbeit.

„Bitte kommen sie morgen in unser Büro. Sie haben die Möglichkeit am Donnerstag den 29.05. zu fliegen." Aber da wollte ich doch schon dort sein. Wenn ich Donnerstag fliege bin ich erst Freitag früh in Mombasa, da ist der Geburtstag vorbei. Und Mittwoch geht der

Flug schon wieder um vier Uhr früh zurück nach Hause. Am Telefon sagte ich dann,"Nein, nicht verschieben auf Donnerstag, wenn dann einen Tag früher, also am Dienstag aber Donnerstag ist zu spät, das lohnt sich dann nicht mehr." Inzwischen hatte ich mir schon überlegt, dass ich Ali zu einer Safari einladen möchte. In einer seiner Mails schrieb er mal, er habe so ein schönes Land aber er kennt gar nichts. Er war erst einmal in Nairobi mit der Schule aber noch nie in einem Nationalpark. Und weil ich in Tsavo Ost und West weder Giraffen noch Büffel gesehen habe und weil ich wusste das Shimba Hills nicht so weit weg ist, würden wir einen Ausflug dorthin machen. Aber das sollte meine Überraschung bleiben bis ich vor Ort war.

Im Anschluss an dieses Telefonat rief ich meinen Mann an und sagte ihm, dass ich eine Tag früher nach Kenia fliegen werde, da am Mittwoch der Flug gestrichen wurde. Er sagte das wäre kein Problem, da müssen wir unsere Radtour einen Tag verkürzen und können nur bis Dresden radeln. Damit war ich auch zufrieden.

Am nächsten Tag ging ich gleich früh ins Reisebüro. Der Angestellte fragte mich, ob ich nun einen Tag früher heim fliegen möchte weil

ich ja einen Tag eher hin flog aber das lehnte
ich dankend ab. Da blieb ich lieber einen Tag
länger in Kenia. Nach kleineren Problemen
wegen der Umbuchung sollte alles reibungslos
verlaufen. Die Reiseunterlagen sollte ich
vorher im Büro abholen aber das war mir nicht
möglich. Wenn alles läuft wie geplant,
kommen wir Montag Abend um circa 20:00
Uhr nach Hause und Dienstag 6:00 Uhr startet
mein Zug zum Flughafen Nürnberg. Die
Reiseunterlagen wurden mir nach Hause
geschickt und es verlief alles wie geplant. Im
Vorfeld packte ich doppelt, einmal zwei
Gepäcktaschen für die 7-tägige Radtour und
einen Koffer voll für Kenia, wovon das
wenigste für mich war.
Von Dienstag an radelten wir ohne
Zwischenfälle unsere 780 km entlang der Elbe
und trafen pünktlich am Montag Abend zu
Haus ein.

Zum ersten mal alleine nach Kenia

Am Dienstag den 27.05.2014 war es dann endlich soweit. Mein Mann fuhr mich zum Bahnhof und erinnerte mich noch einmal, dass ich nicht die Welt retten kann, dass es viel Aids gibt in Kenia und dass ich schon gar nicht auf die Idee kommen sollte Ali zu uns einzuladen. Irgendwie haben mich diese Ansagen aber immer mehr in die andere Richtung gedrängt. Wir verabschiedeten uns ganz normal und dann stand ich da, alleine, mit Gepäck und einer langen und ungewissen Reise vor mir. In Nürnberg stellte ich fest, dass ich noch nie so ruhig war vorm fliegen wie jetzt. Von Flugangst keine Spur. Jedes mal musste Richard meine Hand halten beim starten und jetzt war alles ganz anders.

Der Flug verlief reibungslos, mit umsteigen in Istanbul und Zwischenstopp am Kilimandscharo. Um 03:30 Uhr erreichte ich endlich wieder Mombasa. Leider musste ich feststellen, dass von meinem Reiseanbieter niemand vor Ort war um mich zu empfangen und zum Hotel zu fahren. Zum Glück war jemand im Büro und als ich ihm meine

Reiseunterlagen zeigte, sagte er zu mir, „Einen Moment bitte." Dieser Moment sollte zwei Stunden dauern und dann kam endlich ein PKW und brachte mich zum Galu Beach. Gegen 7:00 Uhr traf ich im Hotel ein und schrieb sofort eine SMS an Ali, teilte ihm meine Zimmer Nummer mit und hoffte ihn bald zu sehen. Enttäuscht las ich damals seine Antwort, ich soll mich erst mal ausschlafen und wir treffen uns später am Strand. Ich wusste aus seinen E-Mails, dass er zu dieser Zeit, wenn ich komme nicht im Hotel arbeiten würde und wir somit mehr Zeit zusammen verbringen können. Das war mir auch sehr recht.

Dann begann ich noch ein paar Dinge auszupacken, ging im Anschluss duschen und schlafen und war nach zwei Stunden wieder wach. Das Telefon in meinem Zimmer klingelte und ich wunderte mich wer da anruft. Es war die Rezeption,"Bitte kommen sie mal vor zu uns, der Reiseveranstalter vor Ort ist hier und möchte sie sprechen." So ging ich vor und erfuhr, dass angeblich der Taxifahrer die Richtung verwechselt hat und der Meinung war, ich wollte 03:30 Uhr vom Hotel zum Flughafen gebracht werden. Aber ich glaubte das nicht, ich dachte mir, man hat mich einfach nur vergessen.

Nun wollte ich schon beginnen für Ali den Geburtstagstisch zu dekorieren. Alle Geschenke und Happy Birthday Kerzen aufbauen. Eine Flasche Sekt aus dem Duty Free stand bereits im Kühlschrank. Alles sollte so perfekt wie möglich hergerichtet sein. Ali schrieb mir, wir treffen uns um 11.00 Uhr am Strand. Hm, warum erst so spät? Hatte er es nicht eilig mich zu sehen? So ging ich noch in aller Ruhe zum Frühstück. Zum Glück kannte ich mich ja dort aus obwohl ich nicht im selben Hotel war wie gebucht. Da es drei Hotels sind die zusammen gehören und auf Grund der zur Zeit nur 25 Gäste waren alle im höherwertigem Hotel untergebracht.

Nach dem Frühstück, was für mich sehr ungewohnt war, alleine zu essen, ging ich zum Palmengarten und hielt Ausschau am Strand. Von Ali war nichts zu sehen. Inzwischen kam Security, welche ihren Posten an der Strandmauer hatten und suchten ein Gespräch mit mir. Wo blieb denn nur Ali?, waren meine Gedanken. Erneut schrieb ich eine SMS und er antwortete, „Du muss bis zum Anfang des Palmengartens vom ersten Hotel gehen, dann wirst du mich sehen. Er schrieb auch, „Ich sehe dich bereits in deiner orangen Bluse." So

ging ich noch weiter zum Beginn der gesamten Hotelanlage und plötzlich sah ich jemanden hinter einem Boot hoch hüpfen und winken. Dann war er wieder verschwunden hinter dem Boot. Ich fühlte, wie sehr ich mich auf diesen Augenblick gefreut habe. Schnurstracks geradeaus, nur noch den Blick zum Boot gerichtet, Security rechts und links, alles egal, nur noch raus aus der Anlage und zu Ali. Wir umarmten uns kurz, begrüßten uns mit „Jambo" und er gab mir einen ganz scheuen Schmatz auf den Mund. War das alles?, kreisten die Gedanken in meinem Kopf. Danach gingen wir am Strand spazieren und er erklärte mir zuerst einmal, wenn er zur Zeit nicht im Hotel arbeitet, darf er dieses auch nicht betreten. Und schon gar nicht darf er in mein Zimmer oder wie ich glaubte er kann vielleicht mal eine Nacht dort mit schlafen. Alles verboten. Nicht mal den vorbereiteten Geburtstagstisch für morgen konnte ich ihm schmackhaft machen. Sich mit Touristen anzufreunden und im Zimmer besuchen war absolutes Tabu. Für mich war das erst mal weniger schön.
Nachdem wir das nun schon mal geklärt hatten und immer noch spazieren gingen mit den Füßen im türkisfarbenen, warmen Ozean

überkam mich plötzlich das dringende Gefühl seine Lippen zu spüren. So zog ich ihn an mich und wir küssten uns zum ersten mal voller Leidenschaft. Ich konnte mich nicht erinnern, wann mein Mann mich mal so geküsst hat. Es musste schon viele Jahre zurück liegen.

Danach fühlte ich mich viel leichter. Wir gingen in eine Strandbar, tranken Cola und erzählten unsere Pläne für diese Woche. Das erste was ich kennen lernen wollte war seine vier Kilometer Fußmarsch vom Hotel zu seinem Haus den er jeden Tag mindestens zwei mal zurück legen musste. Wenn er nachmittags eine Pause hatte von drei bis vier Stunden, ging er auch nachmittags nach Hause um ein bisschen zu schlafen. Somit waren es teilweise sechzehn Kilometer die er am Tag und in der Nacht gehen musste.

Und ich wollte sein Haus sehen, ohne Wasser und Strom, ohne Bad und Toilette. Ich wollte wissen ob alles stimmt was er uns im Dezember erzählt hat und ob Richard recht behalten sollte, dass alles nur Lüge ist um Mitleid zu erregen und Trinkgeld zu kassieren. Ali bestellte sich sein Mittagessen und ich nur eine weitere Cola. Schließlich hatte ich AI im Hotel.

Zum ersten mal sah ich Ali beim essen zu und war doch sehr erstaunt, dass er mit den Händen aß. Später wusste ich, dass das bei Ugali so üblich ist und überhaupt viele Kenianer mit Fingern essen würden.

Danach verabredeten wir uns für 14:00 Uhr am Strand. Ich ging zurück zum Lunch und konnte die Zeit kaum abwarten ihn wieder zu sehen und endlich auf Entdeckungstour zu gehen. Immer war unser Treffpunkt an einem Boot circa 500 Meter vom Hotel entfernt. Um 14:00 Uhr trafen wir uns dort wieder. Ali saß bereits am Strand und wartete auf mich. Er war immer als erster da, er ließ mich nie warten. Lange Zeit unterhielten wir uns und ich erfuhr dass Ali nicht in die Nähe des Hotels kommen kann. Es ist verboten sich mit Touristen einzulassen oder zu treffen. Das konnte zu Problemen bei der Arbeit führen. Immer wieder versuchte ich ihn zu überreden wenigstens einmal in mein Zimmer zu kommen, morgen an seinem Geburtstag und den gedeckten Tisch zu sehen. Aber alle Anstrengungen waren vergebens. Ali blieb bei seinem Standpunkt. „Ich muss auch daran denken, wie es für mich weiter geht wenn du wieder fort bist" sagte er. Das leuchtete mir ein. Jeder Kenianer der Arbeit hat kann sich glücklich schätzen.

Nun starteten wir endlich den lang ersehnten Weg zu seinem Haus. Über Wege mit roter Erde, durch Wiesen und vorbei an Ziegen und Hühnern. Manche Wege waren so schmal, da konnten wir nur hinter einander laufen. Und dann erreichten wir sein Haus. Es sah von außen gar nicht so klein aus wie nur ein Raum. Wir gingen rein, ich kann es kaum beschreiben. Hier würde ich sagen ein kleiner Flur, aber für Ali war es die Küche, drei Steine, rechts ein Zimmer, dort wohnt seine Schwester mit ihrem Sohn und links ein Zimmer, das war Seins. Mein Gott war es darin dunkel, am sonnigsten Nachmittag. Ein großes Bett, ein Sofa, ein Sessel, ein runder Tisch, ein Kleiderschrank und das war es. Er führte mich rum, durch die Küche ging es rechts wieder ins freie, aber sozusagen ein nicht überdachter Raum. Dort standen Eimer mit Wasser, lagen Kokosnüsse für Vorrat und dann war noch ein Durchgang in einen weiteren nicht überdachten „Raum", Mauern circa zwei Metern hoch, das war zum duschen. Aber da gab es nichts, nur Mauern, rote Erde und ein kleines Loch unter einer Mauer, das war für Pipi. Das war alles. Also Ali hatte Recht und nicht Richard. Kein Strom, somit keinen Vorrat für gekühlte Waren, kein Wasser, nichts. Unvorstellbar für manche die so was noch nie gesehen haben. Wir blieben noch ein bisschen dort und verweilten auf dem Sofa. Zu erzählen hatten wir uns genug. Zwischendurch kam seine Tochter Milele nach Hause. Sie lebt bei Ali, weil ihre Mutter nach Saudi Arabien ausgewandert ist und dort inzwischen mit einem anderen Mann lebt. So verlief unser Nachmittag sehr interessant und Ali lernte mehr und mehr deutsch und ich konnte mein englisch verbessern.

Am frühen Abend gingen wir zurück zum Strand und ich ging wieder ins Hotel. Von den neuen Eindrücken wurde ich sehr nachdenklich. Noch mehr gingen mir die Gedanken durch den Kopf mit wie wenig diese Menschen hier leben müssen und wie freundlich und lustig sie trotz allem jeden Tag wieder sind.

Nach dem Abendessen trafen wir uns wieder am Boot. Ich brachte den Sekt mit und eine Tüte Erdnussflips. Wir saßen am Strand, schauten zu den Sternen und genossen die Ruhe und die Zweisamkeit. Irgendwann in der Nacht liefen wir wieder gemeinsam zurück zu seinem Haus. Wir wollten es alle beide so. Zu keinem Zeitpunkt fühlte ich mich ängstlich, sei es wegen Schlangen in der Nacht, Wildschweinen oder Banditen. An seiner Seite fühlte ich mich einfach nur wohl und sicher. Es war sehr ungewohnt für mich in einem Haus anzukommen mit totaler Finsternis. Aber ich fühlte mich richtig gut und überhaupt nicht als würde ich jetzt und hier was falsches tun. Wir schliefen gemeinsam ein und wir schliefen gut. Vom Hühner gegacker wurde ich am nächsten Morgen geweckt, da war es kurz nach sechs. Ali hat das nicht gehört und ich weckte ihn ungefähr zwei Stunden später. Es war schön zusammen zu liegen und zu genießen. Ich gratulierte ihm zum Geburtstag und er sagte, dass er noch nie so lieb zu seinem Geburtstag geweckt wurde. Später stand er auf und sagte, nun müsste er Wasser holen zum duschen. Das traf sich gut. Während er außer Haus ging, ich wusste ja wo der Brunnen war, nutzte ich die Zeit um das Loch in der roten Erde aufzusuchen für Morgenpipi. Ich kam mir vor wie im Abenteuerurlaub als achtzehnjährige. Als Ali zurück kam, sagte ich dass ich schon zur Toilette war und er antwortete mit einem Lächeln, „Ich habe schon gesehen die nasse Erde." Wir lachten beide. Dann zeigte er mir wie geduscht wird. Mit einer Art Messbecher wird sich Wasser über den Körper gegossen, dann eingeseift und hinterher wieder abgespült. Es war so lustig und aufregend, wir duschten dann zusammen, schließlich war die Nacht auch sehr warm im Haus. Ich hätte auch warten können bis ich im Hotel war, aber das wollte ich nicht.

Gegen zehn Uhr liefen wir zurück zum Hotel und verabredeten uns wieder für 14 Uhr. All seine Geschenke und Kerzen packte ich in den Rucksack den er sich zum Geburtstag gewünscht hatte und machte mich auf den Weg zu unserem Treffpunkt. Dort übergab ich ihm den Rucksack den er freudig aufhuckte und wir liefen wieder zu ihm nach Hause. Dort packte er alles aus aber seine Reaktion hatte ich mir anders vorgestellt. Ich dachte er freut sich sehr beim auspacken aber er war eher verwundert. So was war er gar nicht gewohnt. Über den Tag verteilt kamen keinerlei Anrufe, so wie ich das von hier kenne, ständig Gratulanten. Aber hier kam gar nichts. Wir liefen dann zu seinem Elternhaus und ich lernte seine Eltern, Oma und einige von seinen neun Geschwister kennen. Er zeigte mir das komfortable Haus seiner Eltern, mit zwei Solarplatten für Strom und eine Toilette, was sich allerdings nur als Porzellanloch heraus stellte. Niemand gratulierte ihm und ich begann zu zweifeln ob er wirklich Geburtstag hatte. Später erklärte er mir, das Geburtstage in Kenia nicht bekannt sind und schon gar nicht gefeiert werden. Das fand ich sehr traurig. Aber ich sagte ihm, dass ich noch eine Überraschung für ihn habe. „Wir machen eine Safari nach Shimba Hills." Aber da war er glücklich. Er wusste wo wir buchen können und so sind wir wieder zum Galu Beach gelaufen um unsere Safari zu sichern. Dort fragte man uns ob wir mit oder ohne Übernachtung buchen wollen. Das wollte ich eigentlich nicht, weil ich hatte ja mein Hotel bezahlt aber dann dachte ich, es wird Ali bestimmt auch sehr gefallen wenn er sich abends am Buffet nach Herzenslust bedienen kann und wir früh noch gemeinsam frühstücken können. In den Genuss kommen wir nur, wenn wir mit Übernachtung buchen. Und es kostete nicht wesentlich mehr. Wir waren beide glücklich. Anschließend brachte er mich entlang der Straße zurück zum Hotel. Nächsten früh, es war dann schon Freitag, trafen wir uns bei Marco Polo. Nicht wie 2013 zur Safari mit sechs Personen, nein, es kam ein Auto nur für uns zwei. Das hat uns sehr gut gefallen. Der Weg nach Shimba Hills dauerte nicht lange. Wie erwartet sahen wir Giraffen und Büffel, die ich in Tsavo nicht gesehen hatte und fuhren anschließend zu unserer Lodge. Zu meinem Erstaunen waren wir dort die einzigen Gäste. Das traurige daran war, es gab kein Buffet, nicht am Abend und nicht am Morgen. Wir mussten schon Nachmittag Bescheid sagen was wir abends essen wollten. Dafür war das Zimmer sehr schön und wir konnten uns erst einmal einen Kaffee kochen. Lustig fand ich dann, als Ali vom duschen kam, mich ansah und sagte, „ Das Wasser war warm." Für ihn war das völlig neu. Nächsten früh vor dem Frühstück starteten wir noch eine Tour und sahen viele Tiere noch halb schlafend im Gras. Und nach dem Frühstück gingen wir noch wandern mit einem Ranger, zwei Kilometer zum Wasserfall. Bei dieser Wanderung trafen wir erstmals andere Safari Gäste. Circa zehn bis zwölf Leute waren wir auf dem Weg dorthin und mussten im Gänsemarsch laufen. Am Wasserfall hat Ali dann noch mehr gestrahlt. Er stand vorm Wasser und hinterm Wasser und wollte, dass ich ihn überall fotografiere. In seinem Geburtstagsrucksack war außerdem ein altes Smartphone von meiner Tochter. Und auch damit machte er viele Bilder vom Wasserfall.

Der Weg zurück bergauf war für die Kenianer recht anstrengend. Im Anschluss an die Wanderung fuhr uns unser Bus zurück zu Marco Polo. Ali sagte, das war das schönste Geschenk was ich ihm machen konnte. Wir waren beide ziemlich kaputt und beschlossen uns heute Abend nicht mehr zu treffen. Schließlich hatte er ja im Gegensatz zu mir immer vier Kilometer hin und vier Kilometer Rückweg. Samstag trafen wir uns früh, Nachmittag und Abend. Und wie jedes mal ging ich mit meinem Beutel zum Abendessen ins Restaurant und danach durch den Palmengarten zum Strand. Ich habe niemanden gesehen oder bemerkt und der Weg zum Boot war ja auch nicht weit sodass ich immer fröhlich und selbstsicher am Strand entlang lief. Ali sah ich dort im dunkeln nicht sitzen, nur wenn er mit seinem neuen Handy beschäftigt war oder er mich rief. Wir begrüßten uns mit einer herzlichen Umarmung und einem Kuss und plötzlich hörte ich Stimmen hinter uns. Ich drehte mich um und sah zwei Männer in Uniform und mit Schlagstöcken. Da wurde mir etwas mulmig. Aber Ali sprach mit ihnen in Suaheli und ich verstand kein Wort. Irgendwann zogen die zwei wieder ab und ich fragte Ali wer sie waren und was sie von uns wollten. Er erklärte mir, „Das war Security vom Hotel. Sie haben dich verfolgt. Sie müssen aufpassen wenn eine weiße Frau nachts alleine zum Strand geht, dass sie nicht in Schwierigkeiten oder in eine Falle gerät. Das wäre schlechte Security und schlecht für das Hotel." Da war ich etwas beruhigt. Ali sagte, er hat ihnen erklärt, dass wir uns schon lange kennen und er ja zur Zeit nicht ins Hotel kann weil er im Urlaub ist. Sie kannten ihn ja schließlich und damit begann die Zeit der Ungewissheit. Werden sie ihn beim Boss verpfeifen oder nicht? Urlaub ist dort für Hotelangestellte nicht wie bei uns. Wenn die Hauptsaison vorbei ist, wird in Rotation gearbeitet, das heißt von zwanzig Animateuren gehen sieben für ein oder zwei Monate in Urlaub, ohne Bezahlung natürlich, und danach wird gewechselt. Wie gesagt, zu dieser Zeit im Mai waren wir 25 Gäste im Hotel.

Es kam wie es kommen musste. Am Montag kam der Anruf von seinem Boss. Das war nicht unser Plan. Ich wollte doch nur gutes für Ali aber nicht ihn in Schwierigkeiten bringen. Was hatte ich nun angerichtet, mehr Schaden? Aber im Moment waren wir eigentlich nur glücklich und ich denke auch schon verliebt.

Montag und Dienstag trafen wir uns und gingen immer zu ihm nach Hause. An beiden Abenden gingen wir ins Forty THieves. Das hatte er mir mal in einer E-Mail geschrieben. „ We can go in Forty Thieves and eat." Damals übersetzte ich noch mit meinem Translater und las, „Wir können essen gehen mit vierzig Räubern." Das machte mir Angst und ich fragte, „ Warum mit Räubern?" Er schrieb zurück, „ Das ist eine schöne Strandbar für Verliebte." Und somit wollten wir nun auch dorthin gehen. Es ist wirklich eine schöne Bar wo man die Füße in den Sand stellen oder richtig auf dem Sofa lümmeln kann. Dienstag blieben wir noch dort bis dreiundzwanzig Uhr und um Mitternacht kam mein Taxi um mich zum Flughafen zu bringen. Ich habe keine einzige Minute bereut, auch nicht den Tag länger. Ali fragte mich wann ich wieder komme und ich sagte ihm, ich weiß es nicht, ich weiß überhaupt nicht ob ich wieder komme. Schließlich bin ich verheiratet und mein Mann wird mich nicht jedes Jahr alleine nach Kenia lassen. Und dass er nochmal nach Kenia möchte kann ich mir nun auch nicht mehr vorstellen. Und überhaupt, wenn ich nochmal zu Ali zurück fliegen würde, dann möchte ich mit Sicherheit meinen Mann nicht dabei haben.

Schon auf der Rückfahrt vom Forty Thieves zum Hotel waren wir beide sehr bedrückt. Wir ließen Ali an der Kreuzung aussteigen damit er nur noch drei Kilometer Weg nach Haus hat und ich fuhr alleine zum Hotel. Dort angekommen zog ich mich um für den Flug, ging zur Rezeption und wartete auf mein Taxi. Während der Zeit des Wartens am Flughafen kreisten meine Gedanken nur um Ali. Ist er gut heim gekommen? Wird er schon schlafen? Ob er auch so sehr an mich denkt wie ich an ihn? Dank des neuen, alten Handys was er jetzt hatte konnten wir uns nun im WhatsApp schreiben aber dafür brauchte ich Internet oder W-Lan. Und beides hatte ich nicht am Flughafen, erst zu Hause wieder. Als ich im Flugzeug saß und merkte dass nur wenige Fluggäste da waren und fast jeder, so auch ich, drei Plätze für sich alleine hatte, legte ich mich hin und schlief erst mal ein. Irgendwann kam der Steward mit dem Frühstück vorbei und nach dem essen und aus dem Fenster blickend, immer weiter entfernt von Ali, fühlte ich mich so einsam und traurig. Ich wusste nicht ob oder wann ich ihn wieder sehen werde, lag nur da, hab geweint und gedacht, normalerweise müsste ich mich doch jetzt auf zu Hause freuen, auf meinen Mann, aber das ging nicht. Stattdessen war ich nur unendlich traurig Ali jetzt zu verlassen. So richtig wusste ich nicht was in mir vorging. Laute Musik hörte ich über meine Kopfhörer und die Tränen liefen einfach nur so. Es war mir egal ob der Steward das sah oder nicht. So traurig habe ich mich lange nicht gefühlt. Wie sollte das nur weiter gehen?

Wieder zu Hause

Nach der Landung in Nürnberg fuhr ich noch zwei Stunden mit der Bahn in Richtung Heimat. Wie erwartet stand mein Mann am Bahnsteig um mich abzuholen. Als er vor mir stand gab er mir einen Kuss und sagte,"Es wird Zeit dass du wieder da bist. Deine Mutter hat nach dir gefragt. Ich will gar nicht wissen wie es war, die Woche verzeihe ich dir, sie ist abgehakt und vergessen!" Da sagte ich erst mal nichts mehr. Meine Mutter werde ich morgen anrufen oder am Freitag besuchen oder besser beides. Sie wusste nicht, dass ich in Kenia war. Niemand wusste das, außer Richard, Ali und ich.

Zu Hause angekommen sagte ich zu Richard, „Für dich ist diese Woche vielleicht abgehakt aber nicht für mich." Bei Ali musste ich mich noch melden, dass ich wieder gut gelandet bin. Dank WhatsApp konnten wir uns nun einfacher schreiben und mussten nicht mehr wochenlang auf E-Mails warten. Freitag besuchte ich meine Mutter und erzählte ihr erst einmal wo ich letzte Woche gewesen bin. Sie konnte es gar nicht glauben. Dabei erinnerte ich sie an ihre Worte, „Möchte man da nicht einen Koffer packen und hin fliegen?" und nun sagte ich ihr, dass ich das einfach gemacht habe und das alles sehr schön war. Außerdem sagte ich ihr noch, dass ich traurig war auf dem Heimflug weil es so ungewiss ist ob ich Ali jemals wieder sehe. Sie hörte mir aufmerksam zu und spürte bestimmt wie jede Mutter, dass da mehr war als nur ein Koffer voll Sachen.

Die Tage vergingen und ich wusste einfach nicht wie es weiter gehen sollte. Zu meinem Mann sagte ich dann dass wir mal reden müssten. Darauf antwortete er, „Ich merke schon lange dass dich etwas bedrückt." Am liebsten wäre mir ein viertel Jahr eine Auszeit zu nehmen um mir über meine Gefühle und die Zukunft klar zu werden. Dabei merke ich aber auch, dass ich am liebsten die drei Monate in Kenia verbringen würde. Richard sagte, wir wollen uns wieder etwas annähern, noch mal beginnen und die eine Woche einfach streichen.

Im Juni fuhren wir wie geplant in unseren Wanderurlaub. Eine Woche ins Grödner Tal und im Anschluss auf dem Heimweg noch eine Woche in unser Stammhotel in Kaprun. Alles war wie immer. Tagsüber wanderten wir gemeinsam oder faulenzten zusammen. Zu dieser Zeit war Fußball Weltmeisterschaft und wir guckten auch alle Spiele am Abend. In Südtirol saßen wir dazu in der Hotelbar, die war relativ groß und gut besucht. Es machte uns Spaß dort mit den Italienern zu sitzen und natürlich auch mit den anderen. Aber in Kaprun war es anders. Dort ist nur eine kleine Bar und die Preise für ein Bier wesentlich höher. Da hielten wir uns normalerweise sehr selten auf.

Am Abend schalteten wir uns den Fernseher in unserem Zimmer an und als Fußball begann sagte Richard plötzlich, „ Ich gehe runter und gucke unten."

Dort wären wir nur zu zweit oder zu dritt, aber er ging zu jedem Spiel runter um dort Fußball zu gucken. Und ich blieb im Zimmer und schaute die Spiele alleine. Das war neu und ungewöhnlich. Sah für ihn so annähern aus? So was hatte er noch nie gemacht.

Während wir im Urlaub waren, sollte für Ali wieder die Arbeit beginnen.. Aber als er im Hotel vor seinem Chef stand, teilte ihm dieser mit, dass er gehört habe von seinem Verhältnis mit einer Touristin, also von mir, und nun durfte er erst einmal nicht mehr zur Arbeit. Ali schrieb mir sofort und ich hatte gleich ein schlechtes Gewissen. Nun musste Ali noch eine Stellungnahme schreiben und überzeugend darlegen, dass so etwas nie wieder passiert. Er musste noch warten bis Ende Juli bevor er wieder anfangen durfte mit arbeiten und dann auch erst einmal zwei Monate ohne Geld, als Strafe. Er fragte mich ob er das machen soll und ich riet ihm, er soll, denn wenn die zwei Monate vorbei sind bekommt er wieder knapp 100 Euro Lohn im Monat und ich versprach ihm, jeden Monat 100 Euro zu schicken. Dann hätte er in zwei Monaten doppelten Lohn.

Der Urlaub verging und ich stellte fest, dass es eigentlich nur noch eine Ehe ist zum gemeinsamen Zeitvertreib. Waren wir an dem Punkt angekommen den ich 2002 von Richard gehört hatte? „Wir sind nur zusammen damit keiner alleine ist?" Aber dafür hatten wir doch nicht geheiratet.

Mit Ali schrieb ich mich jeden Tag. Wenn es mal etwas später wurde, wartete ich bereits sehnsüchtig von ihm zu hören. Er fragte jeden Tag wann ich wieder kommen werde.

Langsam musste ich nun mal eine Entscheidung treffen. Ende August kündigte Richard bereits seinem Untermieter die Wohnung mit 6 Monaten Kündigungszeit wegen Eigenbedarf. Wir waren uns aber einig, falls wir zusammen bleiben, dann bleibt die Wohnung eben leer.

Mein Mann war immer sehr gut zu mir, daran gab es keine Zweifel, aber wollte ich die nächsten Jahre so weiter machen? Wie Bruder und Schwester? Der nächste Urlaub war bereits für Oktober geplant, zwei Wochen Türkei. Wie würde dieser verlaufen? Dort werden wir nicht wandern oder Rad fahren. Wir waren schon zwei mal dort und brauchten somit auch keine großen Ausflüge zu machen. Aber wie würde ein Urlaubstag dort jetzt für uns aussehen? Jeder liegt am Strand oder am Pool auf seiner Liege mit einem Buch in der Hand? Keine Unterhaltung? Das ist ja als würde ich alleine im Urlaub sein.

Was haben wir früher gespielt, Scrabble, Skipbo, jede Woche und im Urlaub jeden Tag. Inzwischen spielten wir gar nichts mehr. Das vermisste ich auch sehr.

Wieder zu Hause angekommen suchte ich mir ein zweites Arbeitsverhältnis. Ich wollte nicht das Geld für Ali von unserem gemeinsamen Konto nehmen, denn ich wusste dass Richard das nicht begrüßen würde. So fing ich an bei einem Pizza Boten auszufahren und hatte gleichzeitig eine Bewerbung für einen Discounter auf 400 Euro Basis.Von dort bekam

ich dann Anfang Oktober einen Arbeitsvertrag und dort bin ich heute noch um Ali finanziell zu unterstützen und alle Ausgaben die mit seinem kommen zu tun haben zu begleichen.
Einmal nach unserem Wanderurlaub kam Richard und fragte nach dem Abendessen ob wir Skipbo spielen wollen. Da dachte ich, neuer Versuch. Aber nachdem er dreimal verloren hatte, hatte er keine Lust mehr und es kam nie wieder zum Spiel.
Ich überlegte hin und her. Fliegen wir zusammen in die Türkei oder lass ich den Urlaub sausen. Ändert sich noch irgend etwas bei uns? Mein Mann kam mir so vor als ist er mit dieser Situation fast zufrieden. Er sprach nie irgend etwas an was ihm fehlt oder nicht gefällt. Aber ich war unzufrieden.
Und immer mehr grübelte ich was ich tun sollte. Ich habe meinen Mann gerne und möchte mit ihm alt werden, aber nicht so nebeneinander. Und die Probleme mit seinen Kindern und Schwiegertöchtern die blieben. Wenn wir Pech haben auch noch die nächsten zwanzig Jahre. Ich sagte Richard, dass ich ihm den Kontakt zu seinen Kindern nie verbieten würde aber in meinem Haus möchte ich niemanden mehr haben nach allem was vorgefallen ist und schon gar nicht bewirten.

Er kann sie gerne besuchen oder sich jederzeit mit ihnen treffen wenn sie hier sind, aber nicht in meinem Haus.

Es stellte sich später heraus, dass er seinen Sohn nebst Schwiegertochter und Enkel zum Kaffee und Kuchen eingeladen hatte, zu uns nach Hause, als ich auf Schicht war, um jeden Ärger zu umgehen, aber das machte den Ärger um so größer. Wieder stand er nicht hinter mir. Eines Tages sagte er zu mir, wenn ich nochmal nach Kenia fliege, zieht er aus. Er macht sich nicht zum Gespött für andere. Für mich klang das sehr gleichgültig.

Auf Arbeit rief ich an und fragte ob ich meinen Oktober Urlaub mit ins neue Jahr nehmen könnte. „Das sollte kein Problem sein." bekam ich zur Antwort. In meinem Kopf reifte der Gedanke, den alten Urlaub plus zwei Wochen neuen Urlaub im Februar 2015 zu nehmen. Entweder ich fliege nach Kenia oder unsere Ehe stabilisiert sich wieder und ich bleibe einfach mal 4 Wochen zu Hause.

Als Richard von der Arbeit heim kam teilte ich ihm mit, dass ich meinen Urlaub für Oktober bereits gecancelt habe. Obwohl das noch nicht der Fall war, aber ich wollte sehen wie er reagiert. Und er reagierte nicht wie erwartet. Er sagte nur, dass bereits alles bezahlt ist und

wir keine Reiserücktritts Versicherung haben.
Das war seine Sorge, das Geld, mehr nicht. Da
stand für mich fest meinen Urlaub im Februar
zu nehmen.
Es folgten keinerlei Annäherungen, einmal
meinerseits, aber vergeblich. Er besuchte sogar
seinen Sohn um mit ihm über unsere schlechte
Situation zu sprechen und vor allem, dass die
frostigen Verhältnisse, die zwischen uns
herrschten eine große Rolle dabei spielten,
aber sie waren sich keiner Schuld bewusst.
Daran würde sich also nichts ändern.
Im Oktober fragte mich Richard eines Tages,
was er eigentlich wieder in seinem Haus soll.
Hier hat er seine Nachbarn, Freunde, sein
kegeln aber in Bad Blankenburg nur Rentner.
Da fragte ich ihn, „Willst du hier bleiben weil
du mich liebst oder weil du es hier bequem
hast?" Und er antwortete, „Natürlich habe ich
es hier bequem." Das war genau die Antwort
die ich hören wollte, eine ehrliche, aber es war
die falsche.
Nun wusste ich, dass ich nach Kenia fliegen
würde und diese Ehe nicht mehr halten wollte.
Ich erinnerte mich zurück als mein Mann
sagte, wir wollen uns noch einmal annähern.
Aber seit dem kam nicht eine Umarmung,
nicht einmal wenn er nach Hause kam, „Schön

dass du da bist" oder etwas in dieser Richtung, nichts, und vom Bett ganz zu schweigen.

Erste Vorbereitungen für einen neuen Weg

Im November buchte ich eine Villa am Galu Beach mit eigenem Pool für 4 Wochen. Ali schrieb ich im November, dass ich nun mit Sicherheit kommen werde und in dieser Zeit, wenn ich in Kenia bin wird mein Mann ausziehen. Der Kontakt zu Ali war ununterbrochen. Ich schrieb mit ihm über unsere Probleme und ich schrieb ihm auch, er ist nicht der Grund für unsere schlechte Ehe, sondern nur der Auslöser für diesen endgültigen Schritt nun. Und ich wollte Ali einladen zu Besuch, für 3 Monate, gleich im Anschluss an den Februar Urlaub, sodass wir eventuell zusammen am 4. März nach Deutschland fliegen.

Und damit begann die ganze Odyssee!

Als erstes musste sich Ali einen Reisepass besorgen. Dafür muss er zum Fotograf und anschließend zum beantragen nach Mombasa fahren. Nachdem er dort alles perfekt gemacht hatte, sagte man ihm, am 14. November kann er seinen Pass abholen, was auch pünktlich und ohne Probleme von statten ging. Damit war der erste Schritt getan.

Zum einladen eines Freundes brauchte ich eine Verpflichtungserklärung vom Ausländer Amt. Diese besorgte ich und schickte sie mit der Post so unauffällig wie möglich. Als diese vier Wochen später noch nicht in Mwabungu angekommen war, ging ich erneut zum Ausländer Amt und besorgte eine zweite. Das war am 20. Dezember. Wieder warteten wir, diesmal schickte ich per Einschreiben. Aber auch dieser Brief sollte die Küste von Kenia nie erreichen. Beim dritten Besuch im Ausländer Amt wollte man mir nicht mehr so richtig glauben, aber ich bekam meine Erklärung wieder, diesmal aber mit dem Vermerk, dass angeblich schon zwei per Postweg verloren gegangen sind. Das war gut für mich. So konnte ich bei der Post einen Nachstellungsauftrag beantragen. Dafür hat die Post dann zwei Monate Zeit. Und nach diesen zwei Monaten stellte sich tatsächlich heraus, die Post ging bis Kenia, wurde aber nie zugestellt. Wo oder wer das Problem dafür war wurde nie aufgeklärt, aber ich bekam meine entstandenen Kosten zurück erstattet. Eine Verpflichtungserklärung kostet 25 Euro.

Die dritte Verpflichtungserklärung wollte ich nun persönlich mitnehmen. Zusammen mit der

Einladung für Ali und einer im Vorfeld abgeschlossenen Krankenversicherung. Nicht erforderlich, aber trotzdem abgeschlossen habe ich für ihn eine private Haftpflichtversicherung.

Ali machte in der Zwischenzeit einen online Termin in der deutschen Botschaft in Nairobi. Dieser war am 5. Februar.

Mit allen meinerseits erforderlichen Dokumenten wie Verpflichtungserklärung, Einladung und Versicherung flog ich nun wie geplant am 3. Februar nach Mombasa. Wie immer landete ich dort in der Nacht und zum ersten mal holte mich Ali vom Flughafen ab. Es war ein sehr schönes Gefühl. Wir fuhren mit dem Taxi zum Galu Beach und in der gebuchten Villa wurden wir von der Besitzerin, welche in der Nähe von Stuttgart wohnt, herzlichst empfangen.

Sie hatte mir schon am Telefon erklärt, dass wenn wir ankommen, sie noch vor Ort ist, uns alles erklären kann, zwecks Strom und Wasserpumpe und uns den beiden Gärtnern vorstellte, die sich um alles kümmern werden. So saßen wir früh um sieben Uhr gemeinsam am Frühstückstisch, aßen Toast mit Mango Marmelade, tranken Kaffee und warteten auf die zwei Jabaris. Im Anschluss daran fuhr die

Besitzerin mit unserem Taxi zurück zum Flughafen um nach Hause zu fliegen. Und auch die Jabaris gingen für heute wieder nach Hause.

Nun waren wir endlich zu zweit alleine und konnten uns in Ruhe umsehen. Ein bisschen relaxen und schwimmen und dann alle Unterlagen für den morgigen Tag in Nairobi zusammen zu fügen.

Das Flugzeug startete um sechs Uhr in der Frühe in Mombasa sodass Ali bereits um zwei Uhr vom Taxi abgeholt wurde. Zwei Stunden Fahrt nach Mombasa plus zwei Stunden vorher Check in. Diese erste Nacht für uns war also nur sehr kurz. Weil ich mal in einem Buch gelesen habe, als eine Frau mit dem Bus nach Nairobi reiste, mit Pannen, ohne Toilette und wie gefährlich es so in Nairobi ist, wollte ich auf gar keinen Fall mit zur Botschaft.

Außerdem war ich nach der fast 24- stündigen Reisezeit von meiner Haustür bis zur Villa nun auch müde und wollte in Ruhe ausschlafen.

Ali hatte den Flugschein, genug Geld für das Taxi nach Mombasa und für die Fahrt zur Botschaft in Nairobi, für das Visum und alles andere in seinem Rucksack. Gemeinsam machten wir noch Frühstück und dann verließ er wie geplant um zwei Uhr die Villa.

Ich legte mich wieder ins Bett, stellte mein Handy auf lautlos und schlief bald darauf wieder ein.

Als ich aufwachte und nach meinem Handy griff um auf die Uhr zu schauen sah ich nicht nur dass es inzwischen 9:30 Uhr war, sondern auch sieben Anrufe in Abwesenheit. Alle von Ali und alle bevor der Flieger startete. Sofort schrillten meine Alarmglocken. Irgend etwas war schief gelaufen. Und dann sah ich noch eine Nachricht in WhatsApp, ebenfalls von Ali. Er schrieb, übersetzt,   „Deine Buchung für mich ist fehlgeschlagen. Es ist zwar ein Platz für mich reserviert, aber nicht bezahlt." Ich war sprachlos. Wieso denn das? In der E-Mail vom Anbieter stand doch ganz klar, „IHRE KREDITKARTE WIRD MIT 97 EURO BELASTET" Wo ist Ali denn jetzt? Er hat doch gar kein Geld dabei um den Flug jetzt zu bezahlen. Er wird doch nicht das Taxigeld nehmen? Wie will er denn dann von der Botschaft zurück zum Flughafen in Nairobi kommen? Das Taxi von Mombasa zur Villa war nicht das Problem. Ali's Taxifahrer war immer der selbe. Sie kannten sich schon vom Hotel. Bei ihm hätten wir auch später bezahlen können. Aber wo war Ali? Zu dieser Zeit sollte er eigentlich in der Botschaft sein. Ich schrieb ihm Nachrichten über Nachrichten aber ich bekam keine Antwort. Endloses, langes bangen begann. Irgendwann gegen Mittag kam dann endlich eine Nachricht, „Alles lief schief, der Tag war umsonst. Ich bin so traurig." Das war ja überhaupt nicht das was ich hören wollte oder erwartet hätte. Um 16:00 Uhr ging der Flug zurück, also rechnete ich um 17:00 Uhr in Mombasa, zwei Stunden bis hierher, circa 19:00 Uhr wird er hier sein. Den ersten Urlaubstag konnte ich also nicht genießen. Meine Gedanken liefen im Kreis. Ich sehnte mich danach zu erfahren was passiert ist aber die Zeit verging überhaupt nicht. Als Ali um 20:30 Uhr immer noch nicht zurück war, kamen mir erste Zweifel. Er wird doch nicht mit dem Geld verschwunden sein? Aber nach einem Blick in den Kleiderschrank stellte ich fest, dass alles noch da ist und ermahnte mich selbst, nicht solche dummen Sachen zu denken.

Ich rief ihn an und er sagte, „Wir sind jetzt in Ukunda und in circa 30 Minuten da." Und so war es auch. Am Pool sitzend lauschte ich auf das Taxi und war froh als ich endlich die Scheinwerfer sah. Ali stieg aus und ich empfing ihn am Tor. Er sah wirklich sehr nieder geschlagen aus. Wir setzten uns auf die

Hollywoodschaukel und Ali erzählte alles. Glücklicherweise war der Taxifahrer, sein Name ist Kaptula, was so viel bedeutet wie „Kurze Hose", noch am Flughafen als Ali erfuhr, dass sein Flug nicht bezahlt ist. Kaptula half ihm mit dem Geld aus. Sofort wollte ich den Beleg dafür und Ali gab ihn mir. Er bekam den Flug allerdings nicht für 97,00 Euro, nein er musste 187,00 Euro bezahlen. Aber das musste ich zu Hause klären. Warum schreibt man mir die Kreditkarte wird belastet und dann ist nichts geschehen? Ich nahm den Flugschein an mich. Dann berichtete Ali weiter, dass er in der Botschaft gar nicht bis zum Sachbearbeiter vorgedrungen ist. Vorher gibt es einen einheimischen Angestellten der alle Unterlagen kontrolliert, und wenn irgend etwas fehlt oder fehlerhaft ist braucht man gar nicht weiter. Und so erfuhr Ali, dass die Einladung, welche ich zu Hause am Laptop geschrieben habe und dort gedruckt nicht ausreichte, weil ich diese nicht unterschrieben habe. Diese könnte er selber geschrieben und gedruckt haben. Das darf doch nicht wahr sein! Bei den Bedingungen für ein Besuchervisum habe ich nicht gelesen, dass die Einladung unterschrieben sein muss. Und selbst wenn, er könnte genauso gut einen

Krakel darunter setzen wenn er diese Einladung selber geschrieben hätte.
Ich war enttäuscht. Der Fehler lag bei mir. Nun wusste ich bereits, wenn die Botschaft ein Visum ablehnt, dass man drei Monate warten muss um einen neuen Versuch zu starten. Meine Hoffnungen mit Ali zurück nach Deutschland zu fliegen schwanden. Aber er erklärte mir, da er gar nicht beim Sachbearbeiter war, muss er auch nicht drei Monate warten. Er hatte bereits einen neuen Termin für den 18. Februar. Spontan entschied ich diesmal, „Ich komme mit dir." Vielleicht kann ich ja ein bisschen mehr erreichen wenn ich dabei bin. Der Tag war wirklich traurig. Am nächsten Tag musste Ali wieder im Hotel arbeiten. Vier Wochen Urlaub hatte ich gebucht und kurz vorher schrieb mir Ali dass sein Chef ihm nicht frei gibt. Er muss arbeiten bis zum Valentinstag für die große Abendshow. Und somit ging er am nächsten Tag wieder zum Hotel nachdem wir gemeinsam gefrühstückt hatten. Es war auch für Ali schöner von der Villa aus den Weg zu starten, weil von hier aus hatte er nur circa 700 Meter bis zum Hotel und nicht 4 Kilometer wie von zu Hause. Während er weg war suchte ich sofort einen Flug für den 18.02. und buchte

und bezahlte für uns beide. Hoffentlich würde diesmal alles gut gehen. An einem Nachmittag fuhren wir mit dem TukTuk zum Cyber Shop um die E-Mail und das Flugticket auszudrucken. In den zwei Wochen die Ali arbeiten musste, verbrachte er die Nachmittagspause von circa drei Stunden in der Villa mit mir. Nach der Arbeit, entweder 22 oder 24 Uhr erwartete ich ihn und früh konnten wir etwas länger schlafen und gemeinsam frühstücken. Er genoss es, wenn er kam und das Essen war fertig. Schließlich muss er zu Hause immer selber kochen. Und die Deutsche Küche schmeckte ihm auch. Er mochte Kartoffeln, diese isst er so gut wie nie. Am besten war Bauernfrühstück, natürlich ohne Schinkenspeck weil Ali kein Schweinefleisch isst, aber schon alleine Kartoffeln und Ei. Wenn Ali Zeit hatte wechselten wir uns ab mit kochen. Ali kochte alles was mit frischem Fisch zu tun hatte und ich mit Fleisch.

Gleich beim ersten gemeinsamen kochen hatten wir Stromausfall. Wir hatten zwar einen Gasherd, aber ab 18.30 Uhr wird es Nacht und so stand Ali mit einer Stirnlampe am Herd, welche die Vermieterin uns hingelegt hatte für den Fall der Fälle.

Wir hatten trotz arbeiten, kochen und essen ran schaffen viel Spaß zusammen und genossen die gemeinsame Zeit. Dann sagte ich zu ihm, „Wenn du zum Valentinstag arbeiten musst und abends mit tanzen musst, würde ich gerne dabei sein. Valentinstag ist für Verliebte und da möchte ich nicht den ganzen Tag alleine bleiben."
Ursprünglich hatten wir geplant, diesen Tag im Forty Thieves mit Pizza, Rotwein und Billard zu genießen. Er fragte im Hotel ob ich am 14. Februar kommen darf und man sagte ihm, ich müsste wie jeder Besucher vierzig Euro bezahlen um Abend zu essen, die Show zu sehen und an der Bar All Inclusive trinken zu können. Eigentlich wollte ich keine vierzig Euro bezahlen weil wir ja gemeinsam zu Abend aßen bevor Ali wieder zurück zum arbeiten musste. Aber ohne die vierzig Euro war nichts zu machen.
So gingen wir am 14. Februar zusammen gegen 18.30 Uhr zum Hotel. Ali brachte mich zum Eingang um der Security zu erklären, dass ich heute Abend Gast bin und er ging zum Angestellten Eingang. An der Rezeption bezahlte ich mein Geld und bekam das bekannte AI Bändchen. Ich fühlte mich wie zu Hause. Hier war ich nun schon zweimal und

kannte genau den Weg zur Bühne und zur Bar.
Im Palmengarten sah ich wieder diese Händler
mit ihren Holzfiguren und Bildern und dachte,
davon habe ich schon allerhand zu Hause.
Für das Valentins-Dinner war auch alles im
Palmengarten hergerichtet worden.
Eingedeckte Tische, herrlich aufgebaute
Desserts, aber überall saßen Paare und da kam
ich mir etwas verloren vor. Ich ging
schnurstracks an allen Tischen vorbei, steuerte
zur Main Bar und bestellte ein Bier. Der
Kellner sprach deutsch und fragte mich wie
lange ich bleibe und ob ich heute angekommen
bin. Es war lustig. Ich sagte, ich bleibe nur
heute Abend für die Show, dann bin ich wieder
weg.
Ali ah ich nur kurz. Er sagte, dass er ein
bisschen Blabla machen muss mit den Gästen.
Er kann nicht nur bei mir sein. Ich verstand
das. Mit einem seiner Kollegen, den ich auch
schon von zwei Urlauben her kannte, spielte
ich Billard. Und als die Show begann saß ich
mit meiner Videokamera da und filmte viel.
Ali mochte das gerne sehen.
Die Show dauerte eine Stunde und danach war
noch bisschen Clubtanz und Disco und zum
ersten mal tanzten Ali und ich zusammen. Als
er endlich gehen durfte, gingen wir zusammen

mit einigen Kollegen zum nahe gelegenen Restaurant um den Abend entspannt ausklingen zu lassen. Da stand Ali plötzlich mit einer roten Rose vor mir und sagte, „ Ich liebe dich.", damit hatte ich nicht gerechnet. Also nicht mit der Rose.

Nach dem Valentinstag begann dann für uns der eigentliche Urlaub. Jeden Tag erst einmal ausschlafen, bis zum 18. Februar. Da hieß es wieder halb zwei aufstehen und nach Nairobi fliegen. Es war schön an Alis Seite gemeinsam am Flughafen zu warten und zusammen zu reisen. Wir flogen vorbei am Kilimandscharo und zum ersten mal sah ich ihn. Vorher bei meinen Anreisen nach Mombasa legten wir dort immer einen Zwischenstopp ein aber gesehen habe ich ihn nie weil die Stopps nachts gegen zwei Uhr sind.

In Nairobi angekommen nahmen wir uns vorm Flughafen gleich ein Taxi zur Botschaft. Am Tag dort durch die Stadt zu kommen ist ein Ding der Unmöglichkeit, noch schlimmer als durch Mombasa.

Wir fuhren außen herum und erreichten gegen neun Uhr die Botschaft. Halb zehn hatte Ali seinen Termin. Wir gingen zusammen durch das erste Tor und warteten im Innenhof, wo bereits viele Somalier saßen und warteten.

Dann war die Zeit ran und wir gingen vor zum Glasfenster wo Ali seinen Ausweis zeigen musste und der Pförtner den Namen auf der Terminliste abhakte. Ich ging Ali einfach hinterher, schließlich gehörten wir zusammen, aber als Ali am Fenster vorbei ging zur nächsten Kontrolle wurde ich zurück gerufen. Zuerst wusste ich gar nicht warum, dass weiß ich bis heute nicht, aber ich durfte als Deutsche nicht weiter in die Deutsche Botschaft. So musste ich im Innenhof warten und beobachtete wie Ali kontrolliert wurde und er Handy und Schlüssel abgeben musste. Danach verschwand er aus meinem Blickfeld um nach circa zwanzig Minuten wieder zurück zu kommen. Er freute sich, diesmal waren alle Papiere korrekt und er hatte große Hoffnung auf Erfolg.

Die Beamte sagte zu ihm, wir kriegen bald Bescheid und so hofften wir nun am Ende doch noch gemeinsam am 04.03. zurück nach Deutschland zu fliegen und dort gemeinsam drei Monate zu verbringen. Es waren traumhafte Vorstellungen.

Unser Taxi stand noch am Eingang zur Botschaft und hatte auf uns gewartet. Bis zum Rückflug hatten wir noch viel Zeit und so baten wir den Taxifahrer uns etwas von

Nairobi zu zeigen.

Wir fuhren vorbei an der Universität, an einem
sehr bekannten Hotel dort in der Nähe und am
Denkmal des MauMau Aufstandes. Das alles
kannte ich aus dem Buch, „Rote Sonne,
schwarzes Land", welches ich gelesen hatte
während Ali im Hotel arbeiten ging. Es war
das Buch unserer Vermieterin, und wenn man
etwas sieht, was man bereits von irgend woher
kennt, sei es aus einem Buch oder einer
Dokumentation, sieht man das alles mit
anderem Augen. Der Taxifahrer fuhr uns noch
zu einem schönen Aussichtspunkt oberhalb der
Stadt und vorbei an den Slums von Nairobi.
Anschließend brachte er uns zurück zum
Flughafen, voller guter Hoffnung und vielen
neuen Eindrücken. Wir flogen zurück nach
Mombasa, wo Kaptula uns bereits erwartete
und wir mit dem Taxi noch in Mombasa zu
den Wahrzeichen der Stadt fuhren. Die
Stoßzähne kannte ich bis dahin nur von
Bildern und nun hatten wir Zeit und ich konnte
mir diese noch in aller Ruhe anschauen.

Der Urlaub ging weiter und am 20. Februar
feierten wir meinen Geburtstag. Nach dem
Frühstück gingen wir zum Strand und bei
großer Ebbe, die dort gerade war, fand ich zum
ersten mal Seesterne. So viele verschiedene

Farben, gelb mit grün oder rot oder blau. Das konnte ich kaum glauben, Seemesser, Seegurken, alles Meerestiere die ich noch nie gesehen hatte.

Als wir Mittag zurück zu unserer Villa kamen, hatte unser Gärtner alles hübsch dekoriert. Aus Palmenblättern und Bougainvillea waren Herzen geformt worden und um das Fenster und die Tür platziert. Auch die Hollywoodschaukel war mit vielen Blüten geschmückt worden. Ich war überrascht. Ali sagte mir dann, dass ist seine Geburtstagsüberraschung für mich. Er habe kein Geld um irgend ein teures Geschenk zu kaufen aber er wollte mich überraschen und glücklich machen und das war ihm sehr gut gelungen. Außerdem bekam ich noch einen Khanga. Am Nachmittag kam seine Tochter zu Besuch und fragte wer für mich gesungen hat. Ali erklärte mir, dass in Kenia maximal jemand zum Geburtstag singt. Und als er seiner Tochter sagte, dass er alleine für mich gesungen hat musste sie sehr darüber lachen. Zu dritt verbrachten wir den Nachmittag am Pool mit Cappuccino und Plätzchen und als seine Tochter mit dem Motorradtaxi heim fuhr, machten wir uns startklar für den Abend. Zum Pizza essen fuhren wir wieder ins Forty

Thieves und anschließend zur Disco Shakatak.
Wir tanzten und genossen den ganzen Abend
und die Nacht und als Ali fragte ob wir
langsam zurück wollen war es bereits 4.15
Uhr. Und so neigte sich mein erster
Geburtstag in Kenia dem Ende.
Am 27.02. bekam Ali eine E-Mail aus Nairobi,
dass er seinen Reisepass in der G4S Station in
Ukunda abholen kann. Wir warteten noch
einen Tag länger um sicher zu sein, dass der
Pass inzwischen auch in Ukunda angekommen
ist. Nach dem Frühstück am 28.02. rief Ali ein
Motorradtaxi und fragte den Fahrer ob er uns
sein Motorrad zur Verfügung stellt. Dies war
gar kein Problem, da Ali dort wohnte und viele
Motorradtaxi Fahrer kannte. Schon vorher
sagte Ali, wenn wir den Brief in Empfang
nehmen, werden wir nicht gleich nach dem
Visum gucken. Er sagte, „Wenn ich das Visum
habe bin ich so glücklich und kann nicht mehr
Motorrad fahren. Und habe ich es nicht, bin
ich so traurig und enttäuscht dass ich auch
nicht mehr fahren kann."
Also fuhren wir nach Ukunda, holten den Brief
und fuhren ohne Umwege zurück zur Villa.
Dort angekommen rissen wir den Umschlag
auf. Ali nahm den Brief raus und ich den Pass.
Er schaute auf die Zeilen, ich blätterte im Pass

und wusste eigentlich gar nicht so richtig wie das Visum aussehen soll. Genauso wie meins wahrscheinlich. Da nahm ich den Brief und sah dass dieser in englisch und deutsch verfasst war. Ich lass nur „ABLEHNUNGSBESCHEID", da war mir alles klar.

Wie in diesem Moment unsere Hoffnung dahin war, wie alles in uns zusammen gesackt ist, kann ich gar nicht in Worte fassen. Wir lasen die Begründung und konnten es nicht glauben. Vier Punkte waren aufgelistet.

1. keine familiäre Bindung nach Kenia (Kind/ Frau),
2. kein festes Arbeitsverhältnis,
3. keine wirtschaftliche Bindung (Einnahmen aus Miete oder Immobilien)
4. keine ordnungsgemäße Nutzung von Schengen Visa in der Vergangenheit.

Wir gingen jeden Punkt durch, diskutierten und überlegten was wir ändern konnten für einen neuen Versuch, drei Monate später. Es war uns klar, dass wir das so nicht hinnehmen wollten und einen weiteren Versuch starten werden.

Zu Punkt eins mussten wir uns ein Affidavit besorgen, eine eidesstattliche Versicherung

dass seine Tochter mit ihm im Haushalt lebt.
Dies sollte kein Problem sein. Zu Punkt zwei,
Ali arbeitet zwar im Hotel aber leider nicht mit
einem Arbeitsvertrag und monatlichem Lohn.
Sondern er war immer Saison abhängig und
Geld gab es immer Freitags, wenn es welches
gab. Zu Punkt drei mussten wir ebenfalls ein
Schreiben besorgen von der Gemeinde, dass
Ali ein Haus besitzt auf seinem eigenem
Grund und Boden. Auch das sollte nicht
schwierig werden. Zu viertens fiel uns nichts
ein. Ali hatte Kenia noch nie verlassen und
somit auch noch nie ein Schengen Visa gehabt.
Davon konnte ich mich im Reisepass
überzeugen.
Ali war noch mehr am Boden zerstört als ich.
Als ich später fragte was wir zum Abend essen
wollen, antwortete er mir, „ Nix, Nüsse und
Bier" Ich brachte Nüsse aus Deutschland mit
und Bier hatten wir im Nakumat gekauft. Und
weil Ali Moslem ist und eigentlich kein
Alkohol trinkt, lag er nach drei Büchsen
Heineken bereits am Boden auf der Terrasse.
Ich hatte Mühe ihn in die Villa und ins Bett zu
bringen. Danach saß ich alleine draußen und
spülte mir auch mit Bier die Enttäuschung
runter. Aber am nächsten Tag war dadurch
nichts besser geworden. Ali war sehr in sich

gekehrt. Am Nachmittag liefen wir ins Dorf zu seinen Eltern um auch ihnen die schlechte Nachricht zu überbringen. Und auch sie waren sehr enttäuscht. Sein Vater versprach ihm, mit ihm die Wege zu gehen um neue Unterlagen zu besorgen. An Richard schrieb ich eine Nachricht, dass ich erst mal alleine wieder zurück komme. Und er antwortete, „Das tut mir leid für euch." Im Mai hatte ich schon wieder Urlaub geplant und so sagte ich zu Ali, „Wenn du nicht zu mir nach Deutschland kommst, dann komme ich wieder zu dir im Mai."

Am Pool liegend surfte ich mit meinem Handy im Internet und schaute nach Hotels im Mai. Ein sehr gutes Angebot fand ich schnell im Baobab Hotel und weil dieses auf dem Weg zum Supermarkt lag, machte ich den Vorschlag vor Ort nachzufragen nach einem Preis im Mai für zwei Personen mit AI. Meine Gedanken dabei waren, etwas Geld zu sparen wenn wir nicht über einen Reisebüro buchten. Im Hotel angekommen stellte sich heraus, dass vor Ort buchen 400 Euro teurer war. Ich sagte zu Ali, „Das ist fast mein Flug, wenn wir zurück in der Villa sind werde ich online buchen." Nachdem wir einkaufen waren und alles in der Villa verstaut hatten machte ich mich wieder sofort an mein Handy. Alles lief reibungslos und nun hatten wir auch wieder einen Grund uns zu freuen. Der Mai Urlaub ging vom 4.-15.05. und weil ich bereits ab dem 1. Mai frei hatte buchte ich für diesen Tag den Hinflug. Wir waren beide sehr glücklich. So konnten wir quasi die Tage bis zum Wiedersehen zählen. Und wir haben gezählt, jeden Tag im WhatsApp. Es waren acht Wochen und in dieser Zeit sollte sich Ali um die notwendigen Papiere kümmern. Und ich würde wieder die erforderlichen Dokumente von Deutschland mitbringen. Wir wollten beim nächsten Versuch nur 4 Wochen Urlaub für Ali in Deutschland beantragen, weil das unserer Ansicht nach glaubhafter wirkt als 3 Monate zu Besuch.

So vergingen unsere letzten Urlaubstage und diesmal fiel uns der Abschied nicht so schwer wie beim ersten mal. Ali brachte mich zum Flughafen nach Mombasa und wir wussten beide, dass wir uns mit Sicherheit bald wieder hier treffen werden. Diesmal war mein Rückflug nicht so traurig obwohl ich oft daran dachte, dass Ali jetzt eigentlich neben mir sitzen sollte. Und als ich dann schräg hinter mir ein junges Paar sitzen saß, sie weiß und er schwarz, überkam mich doch etwas

Traurigkeit und Neid und die Frage, wie lange müssen wir noch warten um so zusammen nach Deutschland reisen zu können?
Als ich zu Hause am Bahnhof ankam stand meine Tochter da um mich abzuholen. Sie fuhr mich heim und wie ich sah, war Richard ausgezogen. In der Küche lag ein Brief, ich sollte mich bitte bei ihm melden wenn ich wieder zu Hause bin um verschiedene Sachen noch zu klären. Ich rief ihn an und wir verabredeten uns für den morgigen Tag wenn er von der Arbeit kommt.
Es war ein Donnerstag. Und das erste was ich nach dem Frühstück machte, war den Online Reisebieter, wo ich Ali's Flug nach Nairobi gebucht hatte, anzurufen und zu fragen was das Problem war. Auf meiner Kreditkartenabrechnung, welche inzwischen zu Hause bei mir angekommen war , konnte ich sehen, dass der Flug tatsächlich nicht abgebucht wurde. Der Mitarbeiter am anderen Ende erklärte mir, ich könne keinen Inlandsflug für einen Ausländer in Kenia buchen. Meine Frage, warum sie das nicht gleich geschrieben haben, sondern dass meine Kreditkarte belastet wird, blieb unbeantwortet. Aber inzwischen weiß ich, dass ich dort nicht mehr buchen werde. So einen Reinfall brauche

ich nicht nochmal.
Am Nachmittag fuhr ich wie ausgemacht
gegen 17.00 Uhr zum Haus meines Mannes
welches nur 3,5 Kilometer von mir weg ist und
wir trafen uns zum Kaffee. Wir begrüßten uns
wie sehr gute Freunde, Küsschen auf die
Wange und keiner war dem anderen böse oder
wie man das manchmal kennt nach einer
Trennung. Es war eher so als haben sich zwei
Freunde aus einer WG getrennt.
Wir klärten verschiedene kleine Dinge, wir
hatten keine gemeinsamen Kinder, kein
gemeinsames Haus, nur ein gemeinsames
Konto. Aber wir waren uns schnell einig über
alles. Keiner wollte den anderen
benachteiligen oder wie man das so oft hört
„abzocken" oder „nackig machen." Alles
verlief friedlich. Wenn wir uns sahen gab es
ein Küsschen zur Begrüßung und wir konnten
uns wie ganz normale Menschen unterhalten.
Das ist bis heute so geblieben.
Die Zeit bis Mai verging schnell. Wie
versprochen machte ich mich wieder
rechtzeitig in die Spur für eine
Krankenversicherung und die übliche
Verpflichtungserklärung.
Mit dem Visa für mich war es damals noch
völlig unkompliziert. Dies gab es am

Flughafen in Mombasa oder Nairobi. Dazu musste man nur ein Formular im Flugzeug ausfüllen. Aber weil mein englisch nicht perfekt und ich nicht zum ersten mal nach Kenia unterwegs war, druckte ich mir den Visum Antrag einfach zu Hause aus, füllte ihn aus und war somit fertig mit allem wenn ich am Schalter stand. Im Mai machte ich dann die Erfahrung, dass man auch bei der Kontrolle von Fingerabdrücken nur noch eine Hand brauchte. Es war als kommt man da an wo man hin gehört.

Ali erledigte auch seine Wege zusammen mit seinem Vater. Er hatte inzwischen das Affidavit und die Bestätigung eines Anwaltes über sein Haus und sein Grundstück. Auch wenn das Haus in keinem Vergleich steht mit einem Haus in Deutschland, wie gesagt, nur zwei Zimmer ohne Strom und Wasser, aber es war sein Haus. Das Grundstück hatte er als ältester Enkelsohn von zehn Geschwistern von seinem Opa geerbt. Somit war unserer Ansicht nach Punkt eins und drei abgearbeitet. Und für Punkt zwei war sein Vater bereit zu bestätigen, dass der Shop den seine Eltern betrieben, Alis Shop ist und so hatte Ali nun noch eine Beglaubigung für Business. Und Punkt vier war ja unrealistisch, da Ali noch nie ein Visum hatte, also konnte er damit auch nicht unsachgemäß umgehen.

Wieder Urlaub im Mai

Mein Flug verlief diesmal etwas verrückt. Von Nürnberg über Amsterdam und Nairobi nach Mombasa. In Nürnberg fragte ich bereits ob mein Gepäck bis Mombasa durch fliegt und man sagte mir, „Ja." Das war schon mal viel wert. 50 Minuten Aufenthalt in Amsterdam ist nicht viel und wenn der Flieger noch zehn Minuten länger als geplant in Nürnberg steht, wird man bereits unruhig.

Aber alles verlief wie geplant. Von Amsterdam nach Nairobi durch die Nacht, zum Abendessen zwei Bier, da ließ es sich relativ gut schlafen. Früh um sechs landete ich in Nairobi und diesmal bekam ich das Visum dort, weil der Flug nach Mombasa dann nur noch ein Inlandsflug war. Dazu muss auch der Terminal gewechselt werden und dort kannte ich mich bereits aus.

Ich ging durch die Kontrolle und sah, dass ich bereits einchecken konnte. Weil noch wenige Leute am Schalter standen, nutzte ich die Gelegenheit. Am Schalter fragte mich die Frau von Kenya Airways, „Where is your luggage?" (Wo ist dein Gepäck?) und ich antwortete, „My luggage fly to Mombasa." (Mein Gepäck

fliegt nach Mombasa.) Und sie sagte, „NO"
und ich „YES". Dann kam noch ein
Angestellter von Kenya Airways und erklärte
mir, ich muss mein Gepäck in Nairobi vom
Gepäckband nehmen. Das war ein Schreck.
Ich fragte den Mann sofort, „Can you help me
please?" (Kannst du mir bitte helfen?) Er ging
mit mir zurück zum Internationalen Terminal.
Das hätte ich gar nicht wieder gefunden. Wer
dreht sich schon um und guckt aus welcher
Tür man heraus gekommen ist?
Quasi von hinten am Zoll vorbei gingen wir
zum Kofferband und sofort war ein Zöllner an
unserer Seite. Der Kenya Airways Mitarbeiter
erklärte die Situation und ich war froh, dass er
bei mir war. Verlassen stand mein Koffer vor
dem Kofferband wo inzwischen schon wieder
weitere Koffer ihre Runden drehten. Glücklich
und beruhigt gingen wir wieder zurück. Erneut
musste ich durch die Kontrolle, Hosentaschen
leer machen, Handy raus, Gürtel raus. Dabei
fiel wahrscheinlich meine Gürtelschnalle auf
mein Display vom Handy. Im ersten Moment
fiel mir das nicht auf, aber nachdem ich nun
endlich für Mombasa eingecheckt hatte wollte
ich meine Safaricom Karte in mein Handy
einlegen und Ali mitteilen, dass ich nun bald in
Mombasa ankomme. Aber als ich die Karte im

Handy hatte und den Deckel hinten wieder drauf machte, merkte ich einen Sprung im Display. So schlimm wird das ja nicht sein dachte ich mir, doch als ich die PIN eingab und statt der Drei eine Null kam, statt der Acht eine Null kam war mir klar, dass mein Handy von nun an nicht mehr zu gebrauchen war. Ich dachte nur als ich im Flugzeug saß, hoffentlich ist Ali in Mombasa am Flughafen. Wenn nicht, weiß ich nicht wie lange ich warten soll. Kommt er rechtzeitig mit Kaptula oder kann es sein, dass etwas dazwischen gekommen ist? Auch an seine Telefonnummer kam ich nicht mehr ran. Meine Befürchtungen sollten sich nicht bewahrheiten und so stand Ali mit Kaptula wieder am Flughafen um mich abzuholen. Kaptula ist übrigens der einzige Taxifahrer der zu Alis Haus fährt. Das ist ein Grund warum wir immer mit ihm fahren. Tagsüber durch Mombasa zu kommen und die Fähre zu erreichen ist grauenhaft. Das Hotel erreichten wir jedenfalls gegen Mittag und 9:00 Uhr war ich gelandet. Und wer jetzt keine Vorstellung hat von der Entfernung, vom Flughafen zum Baobab Hotel sind es ungefähr 35 bis 40 Kilometer, in drei Stunden, unvorstellbar in Deutschland.
Wir hatten zwar das Baobab gebucht, wurden

aber im dazu gehörigem KoleKole untergebracht. Dort gefiel es uns ausgezeichnet. Viele sportliche Möglichkeiten, jeden Abend Programm, die Pools konnten von allen drei Hotels genutzt werden und am besten gefiel es uns im dreistöckigem Pool vom Maridadi Hotel. Wir spielten viel Dart, Beach Volleyball und nach jeder Mahlzeit 3 Runden Billard. Aber das ganz große Highlight war, dass Ali sich nun zum ersten mal am Buffet bedienen konnte und das zu jeder Mahlzeit. Er konnte essen was er wollte und wie viel er wollte. Und er hatte sogar gelernt mit Messer und Gabel zu essen. Manchmal schnitt ich ihm das Fleisch, aber im großen und ganzen wahr ich sehr zufrieden mit seinem Essstil.

Im WhatsApp hatte er mir mal geschrieben, er ist Kenianer und wird auch im Hotel mit den Fingern essen. Als ich ihm sagte, dass ich noch nie einen Gast gesehen habe der mit den Fingern isst, auch keinen Kenianer, fragte er, ob ich mich mit ihm schämen würde. Aber ich sagte, dass ich das nicht mache, schließlich isst er ja mit den Fingern und nicht ich.

Und als ich dann sah, wie gut er inzwischen mit dem Besteck zurecht kam war ich schon sehr stolz auf ihn. Schließlich hatte ich ihm im

Februar Besteck mitgebracht und er konnte zu Hause üben. Aber mit den Fingern ging es bei ihm eben schneller.

Wir hatten ja Zeit, wir waren im Urlaub und wir mussten nicht selber kochen. Alles hat seine Vor- und Nachteile. In der Villa konnten wir schlafen so lange wir wollten und machten Frühstück oft erst gegen halb elf. Dort konnten wir gemeinsam kochen und vieles auch voneinander lernen. Aber da müssen wir eben einkaufen gehen und Betten machen.

Im Hotel brauchten wir uns um nichts zu kümmern, aber wir waren fast jeden Früh im Zeitdruck. Frühstück gab es nur bis zehn Uhr und wenn wir schliefen bis neun Uhr wurde es schon sehr knapp. Ali braucht in der Dusche mehr Zeit als ich und so musste ich manchmal schon drängeln wenn wir noch rechtzeitig zum Restaurant kommen wollten. Oft erreichten wir es gerade kurz vor zehn. Dafür sind aber wie gesagt die Möglichkeiten der Beschäftigungen größer. In der Villa begrenzen sich unser Spiele auf Skipbo, Backgammon und Mensch ärgere dich nicht, im Hotel hatten wir zahlreichen Sport.

Auch das Personal dort war sehr freundlich. Wir hatten viel Spaß, besuchten seine Eltern und verteilten Süßigkeiten an die Kinder im

Dorf. Inzwischen kannten mich auch einige Leute und es war schön sie wieder zu sehen. Diesmal planten wir einen Ausflug zur nahegelegenen Schlangenfarm und eine Tagestour nach Wasini Island. Wir sahen keine Delphine und das Wetter war grau und regnerisch, aber im Ozean zu schnorcheln war fast wärmer als auf dem Boot zu sitzen.

Am 13. Mai bekam ich von Richard eine Nachricht, „In Erinnerung an eine schöne Zeit schicke ich dir liebe Grüße nach Kenia. Hab einen schönen Urlaub und übrigens, ich habe auch wieder eine neue Frau." Der 13. Mai war unser 10. und letzter Hochzeitstag.

Im Hotel sortierten wir wieder alle Dokumente für einen erneuten Versuch in der Botschaft. Als alles genau geprüft war, machte Ali einen Termin für Juni und wir planten, dass er Ende August kommt und bis ungefähr Mitte September bleibt.

Nun sprachen wir bereits von Hochzeit falls es diesmal wieder nicht klappt mit einem Besuch. Wir wollten nun zusammen bleiben und von Richard war ich ja inzwischen getrennt.

Da ich am 15. Mai wieder heim flog und diesmal nicht zu Ali's Geburtstag da sein würde, brachte ich ihm als vorzeitiges Geburtstagsgeschenk einen Laptop mit. Er war so überwältigt und ich freute mich weil er sich freute. Nun konnte ich ihm alle Bilder von vorherigen Urlauben auf dem Laptop speichern. Ich hatte ihm zwar im Februar bereits eine Speicherkarte mit unserem Ausflug nach Shimba Hills und der Musik die wir gehört hatten mitgebracht aber im Cyber Shop durfte er diese SD Karte nicht in den Rechner stecken wegen Angst vor Trojanern. Wir tauschten Musik, speicherten von seinem Handy auf mein MP 3 Player und am Ende vom Urlaub hatte Ali genau dieselben Bilder wie ich auf meiner Kamera. Und auch seine Tochter konnte sich von nun an auf Bildern sehen, als sie uns im Februar immer an den Wochenenden in der Villa besuchte und mit Hilfe von Schwimmärmeln das schwimmen lernte.

Am letzten Tag gingen wir wieder ins Dorf um mich von allen zu verabschieden. An Alis Haus angekommen, ernteten wir noch Mangos und Kokosnüsse die ich mit nach Hause nehmen wollte.

Von Alis Kokospalme hatte er einen Ableger für mich aufgehoben und diesen nahmen wir mit ins Hotel. Ich wollte die Palme zu Hause züchten, sodass wenn er kommt, sich ein bisschen wie zu Hause fühlt. Etwas rote Erde noch einpacken und dann fuhren wir zurück zum Hotel.

Diesmal ging mein Flug 21:30 Uhr zurück und es war gar kein Problem an der Rezeption unser Zimmer bis 16:00 Uhr zu reservieren. Probleme gab es diesmal an der Fähre weil eine kaputt war und sich bereits ein langer Stau gebildet hatte.

Ich dachte schon ich würde meinen Flug verpassen und weil mein Handy kaputt war hätte ich nicht einmal jemanden zu Hause erreicht oder sagen können was los war. Aber gegen 20:15 Uhr waren wir dann doch endlich am Flughafen und ich war beruhigt. Auch wenn ich auf dem Weg noch sagte, „Dann bleibe ich eben einfach hier", war es mir doch etwas mulmig als die Zeit so verstrich.

Eigentlich war die ganze Verspätung nur wegen unserem Taxifahrer. Diesmal konnte Kaptula nicht selber fahren und er schickte uns einen seiner beiden Angestellten bereits 15:30 Uhr.

Wir starteten am Hotel und waren am Stauende in Mombasa gegen 16:45 Uhr. Da hatte unser Taxifahrer die grandiose Idee auf der Spur zu fahren, die nur für TukTuks zugelassen ist um schneller zur Fähre zu kommen. Ich weiß nicht wie viele Kilometer

der Stau hatte, aber auf der falschen Spur zu fahren war ein riesengroßer Fehler. Uns sah nämlich die Polizei, sie hielten uns an und der Polizist brüllte den Fahrer an, steckte den Arm durchs Fenster, drehte den Zündschlüssel rum, zog ihn ab und ging mit dem Schlüssel davon. So was habe ich ja noch nie erlebt. Der Taxifahrer stieg aus und suchte den Polizisten. Ali versuchte mich zu beruhigen, „Wir haben noch Zeit." Aber die verging wie im Flug ohne dass wir unseren Fahrer sahen. Ich sagte schon immer zu Ali, wir sollten die Koffer nehmen und in ein TukTuk steigen, aber Ali wusste auch nicht ob das die bessere Lösung war als zu warten. Schließlich nach 50 Minuten kam unser Taxifahrer wieder, mit dem Schlüssel. Er stieg ein, lachte laut und sagte, „Today is a funny Day." (heute ist ein lustiger Tag) Mir war gar nicht zum lachen, ich hätte ihn für seine Dummheit was tun können.
Nun mussten wir uns wieder hinten im Stau anstellen und nachdem wir dort eine Weile standen versuchte unser Fahrer etwas gut zu machen. Er stieg aus, ging weiter vor zu einer Polizistin und drückte ihr etwas Geld in die Hand. Daraufhin durften wir vor fahren bis zur Fähre. Dort standen wieder Polizisten und schimpften mit dem Fahrer aber dann machte

ich mein Fenster auf und sagte, „Please, I have to go to the Airport." (Bitte, ich muss zum Flughafen) Dann ließen sie uns passieren. Der Verkehr am anderen Ufer war genauso katastrophal, sodass wir gegen 20:15 Uhr den Flughafen erreichten. Ali und ich hatten nicht mehr viel Zeit zum verabschieden und wir trennten uns in dem Glauben uns im August wieder zu sehen. Der Abschied fällt leichter wenn ein Ende des Wartens in Sicht ist. Ohne Komplikationen und ohne mein Gepäck diesmal in Nairobi vom Band nehmen zu müssen flog ich nach Hause. Vorsichtshalber aber hatte ich danach Ausschau gehalten am Kofferband.

Alltag

Zu Hause ging ich all meinen Pflichten nach,
arbeiten in zwei Arbeitsverhältnissen, die mich
vom vielen grübeln und bangen abhalten,
Haus, Garten, Familie. Alles was anfällt. Und
zwischendurch dem Tag entgegen fiebern, an
dem Ali erneut zur Botschaft reist. Mit neuen
Dokumenten. Diesmal musste es klappen.
Erneut buchte ich von zu Hause aus einen
Flug, diesmal bei einem anderen Anbieter und
versicherte mich schriftlich, ob der Flug auch
bezahlt sei. Es sollte nicht noch einmal
vorkommen, dass Ali am Flughafen steht und
der Flug nicht bezahlt ist. Und diesmal ging
alles glatt.
Der Tag in Nairobi ging vorbei und wir
fieberten weiter auf das Ergebnis.
Eine Woche später kam dann der Schlag ins
Gesicht.
Ablehnungsbescheid!
Und wieder haargenau dieselbe Begründung
wie beim ersten mal. Das kann doch nicht
wahr sein, das DARF nicht wahr sein. Wir
wollten uns das nicht gefallen lassen. Ali hat
ein Affidavit und man schreibt er hat keine

familiäre Bindung! Aber was sollte denn aus seiner Tochter werden wenn Ali nicht zurück käme? Ihre Mutter ist doch schon lange nach Dubai ausgewandert um dort mit einem anderen Mann zu leben.

Sofort waren wir uns einig, dass wir in Remonstration gehen würden. Am Ende des Bescheids steht immer, dass Ali binnen vier Wochen in Remonstration gehen kann und zeitgleich beim Verwaltungsgericht in Berlin geklagt werden kann. Ich schrieb Ali wir machen beides. Wir lassen nichts unversucht. Zuerst schrieb ich eine E-Mail an die Botschaft und fragte ob eine Tochter keine familiäre Bindung sei und warum das überhaupt nicht berücksichtigt wird. Dann folgte eine automatische Antwort."Ihre E-Mail ist bei uns eingegangen."

Am nächsten Tag rief ich beim Verwaltungsgericht in Berlin an und sprudelte mein Unverständnis und meine Enttäuschung nur so heraus. Daraufhin erklärte man mir, klagen kann ich nur wenn ich eine Angehörige bin. Ansonsten müsse Ali sich einen Anwalt in Kenia suchen der die Klage dann für ihn in Berlin einreicht. Das klang für mich von vorn herein sehr kompliziert, Zeit-& Kostenaufwendig und vor allem Nerven aufreibend. Tage später kam die Antwort von der Botschaft auf meine E-Mail. „Keine Auskunft an dritte." Das war ja der Gipfel. Ich war nicht dritte, ich war diejenige die einlädt, für jegliche Kosten aufkommt und alles andere bezahlt.

In der Zwischenzeit schrieb ich Ali einen Widerspruch und er machte einen neuen Termin aus in der Botschaft. Einen günstigen Flug fand ich so kurzfristig nicht mehr und ich bat Ali um Verständnis, dieses mal mit dem Bus zu fahren. Ich weiß, dass es sehr gefährlich ist und für Ali fast drei Tage dauert aber er war einverstanden. Leider muss er um einen Widerspruch einzulegen, persönlich nach Nairobi kommen, das geht nicht auf dem Postweg.

So startete er nur wenige Wochen später erneut seinen Weg zur Botschaft.

Um mit dem Bus dorthin zu gelangen, verlässt er ungefähr gegen 14:00 Uhr sein Haus um spätestens 16:30 Uhr in Mombasa zu sein. Dort beginnt dann 17:00 Uhr die Busfahrt durch die Nacht und Früh gegen sechs oder sieben Uhr erreicht dieser Nairobi. Danach muss Ali ein Taxi zur Botschaft nehmen. Wenn er dort fertig ist, geht es mit dem Taxi zurück zur Busstation, gegen 17:00 Uhr wieder zurück nach Mombasa und dort ist er dann früh gegen drei oder vier Uhr oder noch später. Dann fährt aber noch kein TukTuk oder Matatu, dann muss er entweder warten oder ruft Kaptula. Irgendwann am frühen Morgen ist er dann wieder zu Hause. Er braucht also von Donnerstag bis Samstag Vormittag. Der Samstag dient dann hauptsächlich nur noch zum schlafen.

In der Botschaft traf er diesmal einen einheimischen Mitarbeiter, der zu ihm sagte, er habe ihn hier schon gesehen und wie oft er denn schon hier war. Ali erzählte ihm sein Anliegen und er machte Ali ein Angebot. Er sagte, er könne mit den deutschen Beamten reden welche die Entscheidung treffen für ein Visum oder eine Ablehnung. Dafür wollte er 500,00 Euro, aber nur bei Erfolg. Das löste bei uns eine längere Diskussion über WhatsApp aus. Ali wünschte sich so sehr dass es klappt und steckte seine Hoffnung in den Einheimischen. Aber ich war nicht bereit dafür 500 Euro zu bezahlen, wenn alle Dokumente richtig und ausreichend sind und wir auch ohne ihn das Visum bekommen können.

Nach endlos langen schreiben einigten wir uns die Hilfe des Angestellten anzunehmen, aber Ali sollte auch einen Teil beisteuern. Auch er war dazu bereit.

Die Entscheidung der Botschaft ließ nicht lange auf sich warten.

Am 27. August kam der Reisepass zurück und wie bereits zuvor ohne Visum und mit immer derselben Begründung! Unveränderte Punkte 1-4 , unveränderter Wortlaut. Es sieht aus, als ob die Botschaft einen Stapel dieser Ablehnungsbescheide bereit liegen hat und egal was man einreicht, es kommt immer der selbe Bescheid.

Ernüchterung machte sich breit. Wir waren sauer und wütend, auch auf den einheimischen Mitarbeiter. Ich schrieb Ali, „Er wollte sich nur wichtig machen und Geld verdienen, aber erreichen tut er gar nichts." Nun wussten wir, dass wir uns dieses Jahr nicht mehr sehen werden. Ich hatte zwar noch zwei Wochen Urlaub ab 31. August, aber ab dem 01. September, so stand es auf der Webseite von der kenianischen Botschaft in Deutschland, war das Einreisen nach Kenia nur noch mit vorher beantragtem Visum möglich. Also nicht mehr einfach hinfliegen und am Flughafen ein Visum bekommen. Das bedeutete für mich, dass ich spätestens am 31. August einreisen musste. Bei den Flugverbindungen die für mich in Frage kamen bedeutet das, Abflug aus Deutschland am 30. August. Und weil wir glaubten, dass Ali am 01. September hier einreist und ich das Wochenende davor frei hatte, habe ich freundlicherweise für einen Kollegen am 29. August eine Nachtschicht übernommen. Das hieß, um 11.45 Uhr am Sonntag von Nürnberg zu starten war fast unmöglich da ich erst früh heim komme und bis Nürnberg zwei Stunden mit dem Auto brauche. Plus zwei Stunden vor Abflug am Flughafen zu sein. Es war mir einfach zeitlich zu unsicher da mein Feierabend auch nicht immer pünktlich ist und ich diesen nicht beeinflussen kann. Mein Hauptarbeitsverhältnis ist nämlich im Rettungsdienst und wenn halb sechs noch ein Einsatz kommt muss ich raus, egal ob ich drei Stunden später am Flughafen sein muss oder nicht. Und meistens, wenn man früh etwas vorhat, kommt der Feierabend später.

Ich war hin- und hergerissen, aber schließlich siegte die Vernunft und ich riskierte nicht einen Flug, den ich vielleicht nicht erreiche. Und eine Unterkunft war ja auch noch nicht gebucht.

So verbrachte ich meinen Urlaub alleine hier in Deutschland und fuhr mit dem Fahrrad von Thüringen zum Schliersee in Oberbayern in 5

Tagen, nur um mich abzulenken. Ali schickte ich dann Bilder und bedauerte immer wieder wie schade es ist, dass er nicht hier sein kann. Denn wenn er, so wie wir es geplant hatten, im September gekommen wäre, wollten wir zusammen für eine Woche in die Berge fahren. Ali kennt keine Berge und ich möchte auch gerne mal wieder wandern gehen und somit war unser Ziel Oberbayern. Aber alleine mit dem Auto zu fahren um alleine einen Wanderurlaub zu verbringen, dazu hatte ich keine Lust. Deswegen entschied ich mich zwar dorthin zu reisen, aber einfach die Anfahrt etwas zu verlängern und dann ohne wandern wieder nach Hause zu fahren. Mit der Bahn fuhr ich dann, nachdem ich bei Regenwetter zwei Tage am Schliersee war wieder heim und regenerierte mich von der Tour.

Nun war für uns klar, dass wir ohne Hochzeit keine Aussicht auf Erfolg habe werden. Immer mehr festigte sich der Gedanke in uns, aber dafür mussten neue Vorbereitungen getroffen werden.

Als erstes musste ich geschieden werden. Immer wieder hört man, wie lange so was manchmal dauert, aber ich wollte nicht noch zwei oder drei Jahre warten.

Ich rief Richard an und bat ihn um ein

Gespräch. Am Anfang unsere Trennung waren wir uns einig dass wir uns nicht scheiden lassen wollten, warum auch. Jeder lebte sein eigenes Leben und Richard sagte, wir können sparen und so weiter leben, es sei denn, es kommt ein neuer Partner ins Spiel oder es stört. Jetzt erklärte ich Richard, wie wir vergeblich schon drei mal versucht haben, dass Ali zu Besuch kommt und das wir heiraten möchten um endlich mal Erfolg zu haben und zusammen leben können. Ich wünschte mir von Richard, dass er mir jetzt keine Steine in den Weg räumt.

Bevor er auszog, habe ich ihm schriftlich gegeben, auf Trennungsunterhalt und Rentenpunkte zu verzichten. Nun wollte ich, dass auch er mir entgegen kommt. Und er kam mir entgegen. Er besuchte eine Anwältin und reicht die Scheidung Ende September ein. Die Anwältin fragte ihn, warum er das macht und nicht ich und er antwortete weil er mehr Zeit habe.

Er sagte dort, dass er bereits im Oktober ausgezogen ist, damit haben wir zwar um 5 Monate geschummelt, aber was spielte das schon für eine Rolle. So konnten wir auch erst ab Oktober mit der Bearbeitung der Scheidung rechnen. Im November bekam ich

Post wegen Versorgungsausgleich und schrieb zurück, dass mein Mann und ich uns einig sind.

Am 2. Dezember hatten wir Termin zur Scheidung. Als ich zum Gericht kam, stand Richard schon mit seiner Anwältin da. Noch heute höre ich seine Worte. „Da kommt sie ja." Ein Lächeln war auf seinem Gesicht, ich ging zu ihm und auch dieses mal begrüßten wir uns mit einem Küsschen auf die Wange und sagten, „Hallo." Die Anwältin guckte uns mit großen Augen an und fragte, „ Sollten wir den Termin vielleicht verschieben?" aber wie aus einem Mund sagten wir, „ Nein, alles okay." Die Sitzung dauerte keine dreißig Minuten und dann waren wir getrennte Leute. Alles lief reibungslos und wie vorher besprochen. Eigentlich wollte ich mit Richard noch ein Abschiedsessen vornehmen, aber er musste zurück zu seiner Arbeit. Nun war ich frei und einer neuen Hochzeit sollte jetzt nichts mehr im Weg stehen.

Zu Hause angekommen schickte ich Ali gleich eine Nachricht und berichtete ihm, dass ich nun geschieden bin. Auch er war glücklich dass alles problemlos gelaufen ist.

Wir planten für 2016 wieder zusammen im Februar über meinen Geburtstag Urlaub zu

machen und im Mai wenn er Geburtstag hat.
So wollten wir im Februar alles besprechen für
die Hochzeit, die wir nun für Mai angedacht
hatten. Kurz bevor ich im Februar in den
Urlaub startete, kam dann auch endlich das
Scheidungsurteil.
Für Februar hatten wir wieder unsere Villa mit
Pool für 17 Tage gebucht. Wir wechseln
immer ab, im Januar oder Februar gehen wir
privat in eine Villa mit Selbstversorgung und
im Mai, Juni oder September ins Hotel.
Ali holte mich wie immer am Flughafen ab.
Der Flug von Nürnberg über Istanbul nach
Mombasa war inzwischen meine
Lieblingsstrecke und der Zwischenstopp am
Kilimandscharo war verschmerzbar, auch
wenn es schon manchmal nervt dort gegen
zwei Uhr morgens zu landen, wenn man
bisschen schläft und für eine dreiviertel Stunde
bei voller Beleuchtung stehen muss. Danach
ist für die letzten 45 Minuten ja nicht mehr an
Schlaf zu denken.
Wir fuhren zur Villa und schliefen uns erst mal
richtig aus. Auch für Ali ist diese Nacht immer
anstrengend. Er wird von Kaptula gegen
Mitternacht abgeholt und schläft dann
maximal während des Wartens am Flughafen.
Dieses mal hatten wir keine Ausflüge geplant.

Wir gingen ins Dorf, besuchten seine Eltern und Familie, einkaufen, Forty Thieves und Disco. Alles wie sonst auch. Fische kaufen am Strand, lange Spaziergänge, essen kochen, faulenzen. Kokosnüsse pellen, Kokosmilch pressen, alles machten wir zusammen oder teilten uns rein. Wenn Ali großen Waschtag hatte, kümmerte ich mich um die Kokosnüsse. Dabei sagte er jedes mal, „Du führst einen Krieg mit den Nüssen." wenn ich versuche die eigentliche Nuss, mit Hilfe einer in der Erde steckenden Eisenstange, aus der großen Kokosnuss hervor zu bringen. Dabei kann sich Ali köstlich amüsieren aber ich gebe nie auf. Und während des Urlaubs sprachen wir nun wie unsere Hochzeit von statten gehen soll. Wo wir feiern, welche Gäste, welches Standesamt und was wir anziehen werden. Ali sagte wir müssen in ein Standesamt nach Mombasa gehen wo nach europäischer Art geheiratet wird und wo unsere Ehe dann auch in Deutschland Anerkennung findet. Traditionelle oder Stammeshochzeit kam nicht in Frage. Dies würde man in Deutschland nicht akzeptieren.
Ich fragte Ali, ob ich im kurzen Kleid heiraten sollte und er guckte mich an und sagte, „Heiratet man in Deutschland in einem kurzen

Kleid?" „Nein", sagte ich. „Na also" antwortete er, „Wenn wir nach europäischer Tradition heiraten dann auch im langen, weißen Kleid und im Anzug." Daraufhin erklärte ich ihm, dass man normalerweise nur in weiß heiratet, wenn es die erste Ehe ist oder wenn noch keine Kinder geboren sind. So jedenfalls kenne ich es. Also fragte ich ihn, ob ich mir ein oranges Kleid aussuchen sollte weil orange sein Lieblingsfarbe ist. Aber er meinte orange würde sich bei meiner hellen Hautfarbe nicht so abheben und wir entschlossen uns für gelb. Von ihm wusste ich keine Farbe, nur das er sich um einen Anzug bemüht.

Ali wusste nicht wie so eine Hochzeit vorbereitet werden muss. Er war der Meinung es würde reichen, wenn wir am 28. Mai zusammen zum Standesamt fahren mit Geburtsurkunde, Reisepass und Scheidungsurteil. Und wenn eben gerade zwei Leute vor uns heiraten, müssen wir einfach warten bis wir dran sind. Das wollte ich so nicht glauben und berichtete, dass man in Deutschland vorher zum Standesamt gehen muss um einen Termin zu bekommen. Daraufhin fragte er Kaptula, weil Kaptula ist verheiratet mit einer Frau in der Schweiz.

Kaptula versprach mit ihm zusammen nach Mombasa zu fahren, weil auch hier der Termin vorher feststehen muss.
Nun genossen wir noch unsere gemeinsame Zeit bis auch dieser Urlaub wieder viel zu schnell zu Ende war.

Hochzeitsvorbereitungen

Eine Woche nach meiner Heimreise im März fuhren Ali und Kaptula zum Standesamt. Wir hatten uns auf den 28. Mai geeinigt, weil das unser erster gemeinsamer Tag war, mittlerweile vor zwei Jahren bereits.
Aber an diesem Tag war heiraten in dem Standesamt nicht möglich weil es Samstag war und an einem Samstag hat das Standesamt in Mombasa geschlossen. Somit einigten wir uns auf den 27. Mai. Als Ali wieder zu Hause war zählte er mir auf was er dazu von mir für Unterlagen und Dokumente benötigte.
Neben der üblichen Geburtsurkunde, Reisepass oder Personalausweis, 1.Eheurkunde und Scheidungsurteil, wollte man von mir noch ein Ehefähigkeitszeugnis. Bis zu diesem Tag habe ich davon noch nie etwas gehört. Aber ich wollte mich natürlich so bald wie möglich um alles kümmern.
An einem freien, verregneten Tag begann ich meinen ersten Weg zu Fuß ins 3 Kilometer entfernte Bad Blankenburg. Dort war ich auch bei meiner ersten Eheschließung. Der Regen störte mich nicht, ich hatte Zeit und spazierte

los. Dort angekommen kamen mir erste
Zweifel ob dieses Standesamt für mich
zuständig ist. In meiner Gemeinde gab es kein
Standesamt. Nachdem die zwei Paare vor mir
fertig waren, ging ich in das Büro.
Zuerst sagte ich der Standesbeamten ich
möchte heiraten und sie antwortete, „Das ist
schön." Dann sagte ich, „In Kenia." und sie,
„Das ist weniger schön." Ich kam gleich auf
den Punkt und erzählte vom
Ehefähigkeitszeugnis und das ich aber gar
nicht weiß, ob hier das zuständige Standesamt
für mich ist. Sie fragte mich wo ich wohne und
sagte mir dann, dass ich nach Saalfeld gehen
müsste. Nun lief ich schnellen Schrittes zurück
nach Hause weil ich noch am selben Vormittag
nach Saalfeld wollte. Schließlich hatte ich
einen Tag frei und wollte so viel wie möglich
erledigen. Zu Hause angekommen, schmutzig
und nass, zog ich mich um und stieg ins Auto.
Wieder gewappnet mit Geburtsurkunde,
Reisepass, 1.Eheurkunde und Scheidungsurteil
machte ich mich auf den Weg und dachte ich
komme mit dem Zeugnis nach Hause. Aber da
hatte ich mich gewaltig getäuscht.
Auch dort saßen zwei Paare vor mir und ich
wartete geduldig. Als ich endlich an der Reihe
war, erzählte ich der Standesbeamten mein

Anliegen. Diese klärte mich auf. Um ein Ehefähigkeitszeugnis zu erhalten brauche sie von meinem zukünftigen Mann die Original Geburtsurkunde, eine beglaubigte Kopie vom Reisepass, eine Aufenthaltsbescheinigung einer staatlichen Behörde dass er in Kenia lebt und dort geboren ist und eine beglaubigte Abschrift dass er Single ist. Falls er bereits verheiratet ist, darf ich ihn nicht mehr heiraten weil Mehrfachehe in Deutschland verboten ist.

Und von mir brauche sie eine Geburtsurkunde mit Legalisation, einen Auszug aus dem Geburtenregister, was ich alles in dem Standesamt bekomme, in der Stadt wo ich geboren wurde und diesen Auszug am besten gleich international in drei Sprachen. Meine erste Eheurkunde, Scheidungsbeschluss mit Rechtskraftbescheinigung, Reisepass oder Personalausweis und 70 Euro.

Sobald ich alle Unterlagen von meinem zukünftigen Mann habe, darf ich wieder kommen. Dann nennt sie mir einen eidesstattlichen Übersetzer, welcher bei Gericht registriert ist. Dort muss ich dann alles übersetzen lassen. Und wenn das geschehen ist, dann kann ich kommen und bekomme mein Ehefähigkeitszeugnis.

Mir sind die Gesichtszüge eingeschlafen.
Dieser Zeitaufwand bis ich das Zeugnis habe,
dann hat Ali noch die Papiere nach Mombasa
zu bringen. Ich sagte nur, „Da sehe ich
schwarz." Wir hatten inzwischen noch acht
Wochen bis ich wieder nach Kenia reiste. In
neun Wochen wollten wir heiraten. Als ich die
Standesbeamte fragte wie ich das denn alles
schaffen sollte in acht Wochen bekam ich zur
Antwort, „Das ist ihr Problem."
So kompliziert hatte ich mir das nicht
vorgestellt. Nachdem ich das Standesamt
verlassen hatte fuhr ich gleich weiter nach
Rudolstadt um meinen Internationalen Auszug
aus dem Geburtenregister für 25 Euro zu
holen. Somit war schon mal ein Anfang
gemacht.
Ich fuhr nach Hause und war total deprimiert.
Sofort schrieb ich im WhatsApp an Ali was ich
alles von ihm benötige um das Zeugnis zu
bekommen. Er fragte mich, wo er das alles her
kriegen soll und ich sagte ihm, er müsse die
Standesbeamte von Mombasa fragen. Von hier
aus kann ich ihm da nicht helfen, ich weiß
nicht wer in Kenia für so was zuständig ist und
wo diese Leute zu finden sind.
Es stellte sich heraus, dass die Standesbeamte
von Mombasa sehr hilfsbereit war und Ali

alles genau erklärte.

Ali machte sich zusammen mit seinem Vater auf den Weg um alles was ich brauchte zu besorgen.

Und ich suchte inzwischen nach einem Kleid. Im Internet fand ich ein gelbes mit drei schräg angeordneten Spaghetti Trägern über eine Schulter und die andere Schulter frei. Es gefiel mir auf Anhieb und die Lieferung sollte bis sechs Wochen dauern, da dieses Kleid erst angefertigt wurde. So entschloss ich mich bereits Ende März das Kleid zu bestellen, auch auf die Gefahr hin, nicht alle Papiere rechtzeitig zusammen zu kriegen. Aber so lange wollte und konnte ich nicht warten.

Nach Ostern, am 29 März, konnte Ali seine Dokumente bei einem Anwalt abholen. Dazu schickte ich ihm per Western Union das Geld und auch gleich die 70 Euro Porto für ein DHL Express International Dokumentenversand. Dieser Postweg ist sicher und schnell. In der darauf folgenden Woche, am 04.04. hatte ich nun die ersehnte Post in der Hand. Ich ging mit meinem Brief zum Standesamt und zeigte dies alles der Beamtin. Dann fragte sie mich, wo ich das nun übersetzen lassen möchte. Ob ich lieber nach Jena oder Weimar möchte, ob ich es schicken oder bringen möchte. Meine Frage war sofort, ob es denn jemanden hier in der Nähe gäbe. Da sagte mir die Beamtin, „Doch, es gibt eine Frau hier in Saalfeld die von Gericht als Übersetzerin Englisch-Deutsch zugelassen ist." Warum sollte ich da nach Jena oder Weimar? Dafür brauche ich viel Zeit und wenn ich es schicke, landet es vielleicht auf irgend einem Stapel auf einem überfüllten Schreibtisch und setzt Staub an. Das wollte ich auf gar keinen Fall. Uns saß die Zeit im Genick.

Ich antwortete und sagte, „Ich nehme die Frau aus Saalfeld" und bekam Name, Anschrift und Telefonnummer.

Zu Hause angekommen rief ich in Saalfeld die Übersetzerin an, erklärte ihr mein Anliegen und fragte wann ich alles vorbei bringen darf. Meine Unterlagen durfte ich gleich am nächsten Tag bringen. Es war ein freundschaftliches Gespräch und Frau Walter sagte, ich könne alles nächste Woche wieder abholen. Das klang gut. Hoffnung machte sich breit nun doch noch alles rechtzeitig zusammen zu bekommen. In der nächsten Woche konnte ich auf Grund meiner Dienste erst am Freitag alles wieder abholen und beschloss, da ich Montag frei hatte, sofort am Montag wieder zum Standesamt zu fahren um endlich das langersehnte Ehefähigkeitszeugnis zu erhalten.

Meinem Ali schrieb ich auch gleich dass wir nun gut in der Zeit liegen.

Wenn ich Montag das Zeugnis habe und anschließend gleich mit DHL Express alles nach Kenia schicke, sollte unserem Hochzeitstermin nichts mehr im Wege stehen.

Das Wochenende verging und wie geplant fuhr ich Montag den 18.04. nach Saalfeld ins Rathaus.

Freudestrahlend ging ich in das Büro und sagte, „Nun habe ich alles in deutsch." Die Standesbeamte kontrollierte und sortierte alles, dann musste alles noch kopiert werden.

Anschließend sagte sie, ich kann inzwischen zur Kasse gehen, 1 Etage tiefer, und das Zeugnis bezahlen. Also ging ich eine Etage tiefer zur Kasse, zog meine EC Karte raus und erfuhr, dass ich hier nur in bar zahlen kann. Zum Glück ist die nächste Sparkasse nur einmal über den Markt entfernt. Dort holte ich dann 100 Euro, ging zurück zum Rathaus, zur Kasse, einmal 70 Euro bezahlt und zurück ins Büro vom Standesamt.

Endlich bekam ich mein Ehefähigkeitszeugnis.

Aber das war nun nicht genug. Die Standesbeamte sagte mir, „Damit müssen sie jetzt aber zum Landesverwaltungsamt nach Weimar. Von dort brauchen sie einen Stempel, dass ich das Zeugnis als rechtmäßige Standesbeamte ausgestellt habe."

Also gut, nach Hause gefahren, Navi geholt, Adresse eingegeben und gestartet. Ich hatte ja glücklicherweise den ganzen Tag frei. Aber wenn ich heute noch per DHL senden will, muss der Brief bis spätestens 16:00 Uhr auf der Poststelle sein. Nach Weimar sind es ungefähr 50 Kilometer und ich erreichte das Verwaltungsamt um kurz vor 12 Uhr. Parkplatz gefunden am Einkaufscenter und Haus drei gesucht. Rund um das Verwaltungsamt war eine einzige Baustelle und als ich endlich Haus drei erreicht hatte, sah ich etliche Leute zur Mittagspause gehen. Der Pförtner fragte mich wo ich hin wollte und ich sagte ihm die Zimmernummer. Daraufhin erfuhr ich dass von 12:00 – 13:30 Uhr Mittagspause ist. Es war mir egal. Ich wollte im Einkaufscenter zu Mittag essen und dann zurück kommen. Und wenn ich eine Stunde sitzen muss, wenigstens wäre ich dann die erste. So ging ich also zum Chinesen um Nudeln zu essen, kehrte zurück zum Haus drei und setzte mich auf einen Stuhl direkt vor dem Büro dessen Zimmernummer ich hatte.

Pünktlich um 13:30 Uhr durfte ich eintreten.
Ich sagte, dass ich einen Stempel brauche für
mein Ehefähigkeitszeugnis und bekam zur
Antwort, „Gehen sie weile hoch zur Kasse,
eine Etage höher, ganz am Ende des Flures.
Und wenn sie bezahlt haben kommen sie
wieder rein." Also ging ich eine Etage höher
diesmal und wartete weil die Kassiererin noch
nicht im Büro war. Ich bezahlte als sie dann
erschien 20 Euro, ging zurück und gab meine
Quittung ab.
Aber als der Verwaltungsangestellte dann zu
mir sagte, jetzt müsste mein
Ehefähigkeitszeugnis noch in die Kenianische
Botschaft, war ich total sauer und wütend.
Warum denn das jetzt? Ich fragte, „Nach
Berlin?" und er, „Ich weiß nicht wo die
sitzen."
Er sagte, das wäre nur so eine Art Vorstempel
und die Botschaft müsste das mit einem
weiteren Stempel bestätigen.
Ich fragte mich ernsthaft ob das denn nie
aufhört, von einer Behörde zur nächsten. In
der Tiefgarage angekommen schrieb ich sofort
zu Ali. Wenn ich ihm jetzt schreibe, dass ich
jetzt endlich das Zeugnis mit Stempel habe,
dieses aber noch nach Berlin schicken muss,
wird er denken dass ich alles nach hinten

dränge oder Ausreden erfinde. Am Ende wird er mir nicht glauben. Außerdem überlegte ich schon, gleich selber nach Berlin zur Botschaft zu fahren. Aber wenn diese wie in Nairobi um 16:00 Uhr schließen bin ich nicht rechtzeitig dort und Dienstag musste ich um 6:00 Uhr wieder anfangen zu arbeiten.

Glücklicherweise war Ali sofort am Handy verfügbar. Ich fotografierte mein Zeugnis und schrieb ihm, dass ich dieses jetzt zur Botschaft senden soll. Er fragte mich, „Warum?" und ich schrieb, „Wieso fragst du mich? Ich weiß es nicht. Ruf die Standesbeamte von Mombasa an und frag ob das nötig ist." Wartend saß ich im Auto in der Tiefgarage und nach kurzer Zeit schrieb Ali zurück dass die Beamte fragte warum ich das Zeugnis zur Botschaft schicken will. Ich schrieb, „Das kommt nicht von mir." und schickte das Bild per WhatsApp. Ali schickte es weiter und die Standesbeamte von Mombasa sagte, „Es ist ausreichend, es muss nicht zur Botschaft."

Da stellt sich mir ernsthaft die Frage, ob sich hier jede Behörde gesund stoßen will.

Nun konnte ich endlich das Zeugnis zu allen anderen Dokumenten in den vorbereiteten DHL Umschlag packen und so schnell wie möglich zur Poststelle bringen. Dafür

entschied ich mich auf meine Hauptpoststelle nach Bad Blankenburg zu fahren. Wenn ja was schief geht bin ich dort schnell vor Ort.
Die Poststelle erreichte ich um 15:45 Uhr und erfuhr dass der DHL Bote noch kommt. Brief aufgegeben, 70 Euro bezahlt und nun konnte ich nichts mehr tun außer hoffen und warten. Abends guckte ich schon mal in die Sendungsverfolgung, aber ich konnte leider meinen Brief noch nicht finden. So entschloss ich mich früh danach zu gucken. Mit dem Handy ist ja heutzutage fast alles möglich. Dienstag früh auf Arbeit angekommen, nach der Übergabe und einer Tasse Kaffee guckte ich erneut in mein Handy um meinen Brief zu finden, doch leider wieder erfolglos. Ungeduldig wartete ich noch bis zum späten Vormittag und setzte mich diesmal an PC, vielleicht war ja mein Handy nicht in Ordnung. Aber auch am PC war mein Brief bei DHL nicht bekannt. Sofort schickte ich eine E-Mail an DHL und fragte nach meiner Sendungsnummer. Lange musste ich nicht auf die Antwort warten und man schrieb mir, gestern gab es ein technisches Problem, sodass kein Bote mehr nach Bad Blankenburg kam. Aber heute sei schon einer unterwegs. Ich glaubte es nicht. Manchmal ist es wie verhext.

Da beeilt man sich um rechtzeitig auf der Post zu sein und dann kommt ausgerechnet an diesem Tag kein Bote. Nachmittag konnte ich dann endlich die Sendungsverfolgung aufnehmen und Freitag den 22.04. bekam Ali einen Anruf, dass er einen Brief in der G4S Station in Ukunda abholen kann. Nun sah alles gut aus. Jetzt konnte Ali mit allen Dokumenten nach Mombasa und ich suchte für uns in der Zeit Ringe aus. Per Foto schickte ich Angebote zu Ali und wir entschieden uns für Ringe aus Edelstahl in Bicolor.

Mein Kleid kam wie angekündigt Ende April und ich ließ es noch minimal in Saalfeld für den perfekten Sitz ändern. Und auch Ali hatte sich in der Zwischenzeit beim Schneider einen Anzug fertigen lassen, da er für seine lange, schlanke Statur nichts passendes fand.

Nun konnte ich entspannt auf meinen Urlaub warten, während Ali sich bereits um organisatorisches für die Feier kümmerte. Alles ging jetzt seinen Weg. Aber trotzdem war ich mir bis zum Schluss nicht 100-prozentig sicher, ob die Aussage der Standesbeamten in Mombasa richtig war, dass das Ehefähigkeitszeugnis nicht vorher zur Botschaft muss oder ob Weimar Recht hatte. Ali brachte alles nach Mombasa und man sagte ihm, alles sei richtig, aber der Hauptstandesbeamte, welcher noch sein OK geben muss sei noch im Urlaub und kommt erst nächste Woche. Und auch er sagte dann, alles hat seine Richtigkeit.

Unsere Hochzeit

Am 20. Mai flog ich wie so oft über Istanbul und Kilimandscharo nach Mombasa. Im Gepäck waren dieses mal Hochzeitskleid, Eheringe, ein Geburtstagsgeschenk für meinen zukünftigen Ehemann und wie so oft eine Verpflichtungserklärung, eine Einladung und eine Krankenversicherung für Ali, wenn er nach unsere Hochzeit zur Botschaft geht um wieder ein Besuchervisum zu beantragen. Die dafür erforderlichen Dokumente ändern sich auch nicht nach der Hochzeit, solange der Ehemann nur zu Besuch kommen möchte. Für ein Langzeitvisum ist eine 3-monatige Deutschschule mit Abschlussprüfung erforderlich. Unser Plan war, nach der Hochzeit sollte Ali ein Besuchervisum für 8 Wochen beantragen, für August und September. Die Deutschschule planten wir für Januar/ Februar/ März 2017. Wenn er die Prüfung besteht und das A1 Zertifikat in der Hand hält, kann er das Langzeitvisum beantragen und für immer nach Deutschland kommen.

Wie immer stand Ali am Flughafen und holte

mich um 3:30 Uhr ab. Wir waren diesmal
wieder im Baobab Hotel. Dort konnten wir erst
mal noch die Zeit genießen und uns von den
Strapazen der Vorbereitungen erholen.

Ali hatte einen Koch organisiert, der zu
unserer Hochzeit für gutes Essen sorgen sollte.
Zusammen gingen wir zwei Tage vor der
Hochzeit einkaufen. Zwei Hühner und eine
Ziege kauften wir auch noch und ließen diese
bei Alis Eltern. Am Tag vor unserer Hochzeit
wollte sein Vater dann die Tiere zum Koch
bringen.

Ali und ich organisierten anschließend die
Getränke und brachten Geld für Dekoration zu
unserem Gärtner aus der Villa im Palm Park.
Diese hatten wir für unseren ganz besonderen
Tag gemietet und Jabari wollte alles für uns
herrichten.

Im Hotel gab es einen Frisör den ich einen Tag
vorher aufsuchte und meinen Wunsch für
morgen äußerte. Eifrig begann die Friseuse mit
Probe stecken und ich sagte ihr, dass ich gerne
passend zum Kleid gelbe Blüten ins Haar
möchte. Das alles sollte kein Problem sein.
Nach einer halben Stunde war ich fertig. So
fieberten wir den morgigen Tag entgegen.

Am 27. Mai erwachten wir am Morgen gut
ausgeschlafen. Nach dem Frühstück ging ich

zum Frisör. Um 8 Uhr hatte ich meinen Termin und um 9 Uhr wollte das Taxi am Hotel sein. Als ich auf dem Friseurstuhl saß und die Friseuse plötzlich anfing jede Strähne vor dem hochstecken mit dem Glätteisen zu bearbeiten merkte ich, dass die Stunde sehr knapp wird. Nach 45 Minuten erinnerte ich sie nochmal, dass unser Taxi uns um 9 Uhr abholte und sie begann etwas schneller zu werden.

Kurz vor neun war ich fertig und lief eilig zurück zu unserem Zimmer.

Ali stand vor mir, im weißen Anzug, mit roten Hemd und roten Schuhen. Er sah umwerfend aus. Ein Blick auf die Uhr und Ali sagte mir dass unser Taxi bereits wartete. Für mich blieb nicht mehr viel Zeit. Rein ins Kleid, etwas Farbe ins Gesicht, Parfüm und los gings zur Rezeption, Schlüssel abgeben und zum Taxi. Mit im Taxi waren unsere beiden Trauzeugen, Alis Vater und ein Cousin von Ali, Abdul. Wir fuhren los Richtung Ukunda und holten noch meinen Brautstrauß und gelbe Rosen, passend zum Kleid, die wir am Vorabend noch bestellt hatten. Danach wollte unser Auto nicht mehr so richtig anspringen, aber sofort waren Helfer mit einem Starterkabel zur Stelle und wir konnten unsere Fahrt fortsetzen. Doch außerhalb von Ukunda wurde unser Auto

plötzlich ganz langsam und nach einigen
Metern rollten wir mit letzten Kräften zu einer
Tankstelle. Dort standen wir dann und nichts
ging mehr. Bis heute weiß ich nicht was das
Problem dafür war. Ali und sein Vater
telefonierten eifrig. Fremde Leute kamen und
wollten dem Taxifahrer helfen, aber alle Mühe
war vergeblich. Kaptula selber war bei seiner
Frau in der Schweiz und sagte er schicke einen
anderen Fahrer. Ali wollte auf diesen warten,
aber seinem Vater dauerte das alles zu lange
und er sagte, er rufe ein anderes Taxi. Zum
Glück hatten wir in Mombasa den Termin
Vormittag, ohne genaue Zeit. Eine geschlagene
Stunde später kam endlich ein anderes Taxi
von Kaptula und wir fuhren weiter. An der
Fähre vorbei am Stau bis ganz nach vorne und
nachdem wir dort erklärten, dass wir zum
Standesamt wollten, gab es dort keine
Schwierigkeiten mehr.
Angekommen im Standesamt warteten wir im
Gang. Zuerst waren wir im Vorzimmer des
Standesamtes wo noch mal alle Ausweise
geprüft wurden. Dort sagten wir dann, dass ich
Alis Familiennamen annehmen möchte. Aber
man erklärte uns, sie könnten nur den Namen
nehmen, der im Reisepass steht. Ich müsste
zuerst meinen Reisepass ändern. Danach

wurden wir in eine anderen Raum geführt und unserem Dolmetscher vorgestellt. Man erklärte uns den Ablauf. Alles was der Standesbeamte sagt wird anschließend übersetzt. Wir gingen zurück, raus auf den Flur und warteten wieder, bis uns der Standesbeamte in sein Zimmer rief. Die Trauung verlief anders als ich es von Deutschland kenne. Nachdem einiges vorgetragen wurde, musste Alis Trauzeuge ihm den Ring reichen. Wir standen alle auf und während Ali den Ring über meinen Finger hielt musste er das Gelöbnis, welches der Standesbeamte vorlas, nachsprechen. Erst zum Schluss schob er den Ring auf meinen Finger. Danach wurden die Seiten getauscht. Ali's Vater, als mein Trauzeuge, gab mir den Ring und auch ich musste das Gelöbnis, welches vom Dolmetscher übersetzt wurde, nachsprechen und am Ende den Ring auf Alis Finger schieben.

Im Anschluss unterschrieben wir alle vier auf den Eheurkunden. Eine bekam Ali, eine ich für zu Hause und eine wurde an die deutsche Botschaft nach Nairobi geschickt, gleich von dort aus. Diese, so sagte man uns, kann Ali circa in einer Woche hier wieder abholen. Wir machten noch ein paar Fotos und verließen das Standesamt. Unser Taxifahrer wartete auf uns und als glückliches Ehepaar fuhren wir zurück zum Galu Beach, in unsere Villa, wo wir von der ganzen Familie von Alis Seite erwartet wurden. Von meiner Familie war niemand anwesend. Da wir bis kurz vor Mai nicht sicher waren, ob wir auf Grund der endlosen Bürokratie überhaupt unseren Termin halten konnten.

Mir war es wichtig in Kenia zu heiraten, weil es war schließlich Alis erste Hochzeit und da wollten wir seine Familie unbedingt dabei haben.

Wir kamen in der Villa an und ich war überwältigt von den vielen Gästen und dieser Farbenpracht. Eine Cousine von Ali trat vor uns, nahm uns in Empfang und sprach zu mir, „Welcome to our Family"

Sie hatten Tücher auf den Boden gelegt und Ali erklärte mir, es sei Tradition über diese Tücher zu laufen. Gemeinsam liefen wir nun darüber in die Villa und alle Familienangehörigen folgten uns mit klatschen und lautem Gesang. Es war überwältigend und mir kamen die Tränen. Zum Glück waren alle hinter mir und ich konnte mich fassen, als wir in der Villa standen und uns jeder einzelne Gast gratulierte.

Wir machten viel Bilder, die Frauen wollten

alle mit mir aufs Bild und dann gingen wir
wieder nach draußen.

Der Garten war super schön geschmückt und
Jabari hat für uns zwei einen extra Pavillon
aufgestellt, die Stuhllehnen mit Palmenblättern
in Herzform dekoriert und rund um den
Pavillon Kerzen aufgestellt. Nun wurde für
alle das Essen gebracht. Wir aßen Reis und
Hähnchen und Ziege. Mir gegenüber saß
meine Schwiegermutter und ich glaubte sie
hatte zum ersten mal Messer und Gabel in der
Hand. Sie wusste nichts damit anzufangen,
aber das war kein Problem, das ist eben so in
Kenia und so aßen fast alle mit den Händen.
Mein Mann hatte inzwischen gelernt mit
Messer und Gabel umzugehen. Nach dem
Essen gingen alle Kinder spielen im Pool und
Ali, seine Tochter und ich fuhren mit dem
TukTuk die 500 Meter zum Strand um dort
noch einige Bilder zu machen. Zurück in der
Villa wurde dann ausgelassen gefeiert. Alle
hatten Spaß und bedankten sich für das gute
Essen, das viel Trinken und für die gesamte
Party. Es wurde viel gelacht und getanzt.
Gegen 23 Uhr gingen die letzten Gäste nach
Hause und wir fuhren mit dem TukTuk zurück
zum Hotel. Es war ein unvergesslicher Tag.
Zwei Tage später luden wir Alis Tochter als

unseren Gast ins Hotel ein und feierten Alis Geburtstag. Auch das war ein sehr schöner Tag. Milele genoss den Pool, das gute Essen, war Kamel reiten und ist glücklich wenn wir alle zusammen sind. Zum Dinner überraschte ich Ali mit einer Schokoladentorte, die vom Animationsteam mit lautem, „Happy Birthday" Gesang und Wunderkerzen gebracht wurde.

Zwei Tage später gingen wir zur Rezeption und zeigten unsere Eheurkunde. Am Abend hatten wir dann auf unserem Zimmer ein sehr dekorativ zurecht gemachtes Bett mit Glückwunschschreiben vom Hotel, eine Flasche Rotwein und einen Obstkorb auf dem Tisch.

Wir genossen noch die letzten Urlaubstage bevor ich am 6. Juni wieder nach Hause flog. An diesem Tag begann Ramadan und somit wollten wir nicht länger im Hotel bleiben. Einen von meinen zwei Koffern ließ ich bei Ali zurück, damit wenn er kommt, er nicht mit Rucksack oder Plastikbeuteln anreisen muss.

Und mein Gepäck auf dem Rückweg beschränkt sich auf Holztiere, Kokosnüsse und Mangos aus eigener Ernte.

Zurück als glückliche Ehefrau

Zu Hause angekommen ging ich mit meiner Eheurkunde zum Standesamt um meinen Namen zu ändern. Die Standesbeamte kannte mich inzwischen und sagte mir, dazu braucht sie die abgestempelte Eheurkunde, welche noch in Kenia ist und von meinem Mann gebraucht wird um ein Langzeitvisum zu beantragen. Außerdem braucht sie noch eine Einverständniserklärung von meinem Mann, dass ich seinen Namen tragen darf. Ich dachte ich höre nicht richtig. Als ich sagte, dass die gestempelte Eheurkunde in Kenia ist, sagte sie, mein Mann kann diese auch in der Botschaft vorlegen, zusammen mit der Einverständniserklärung. Die Botschaft kann das dann zum Standesamt per Fax oder E-Mail senden. Ich schrieb das alles Ali, schrieb einen Brief an die Botschaft und sendete diesen per E-Mail zu Ali. Er druckte ihn aus und sollte ihn dann mit zur Botschaft nehmen.

Am Ende von Ramadan reiste Ali erneut nach Nairobi zur Botschaft um ein Besuchervisum zu beantragen, wieder für 8 Wochen im August und September um seine Frau zu besuchen und endlich seine neue Familie kennen zu lernen.

Bevor Ali dieses mal zur Botschaft ging habe ich vorher angefragt, ob er als Ehemann auch ein Besuchervisum beantragen muss. Wir sind ja nun verheiratet und wenn Ali die Deutschschule gemacht hat, möchten wir, dass er ein Langzeitvisum beantragt. Als Antwort bekam ich, ich soll in der Einladung für ein Besuchervisum schreiben, dass eine spätere Übersiedlung angedacht ist. Und so verfasste ich die Einladung.

Als er in der Botschaft eintraf um sein Visum zu beantragen, wurde er gefragt, warum er kein Langzeitvisum beantragt. Er antwortete, dass er dafür die Deutschschule machen muss und diese wollte er dann im nächsten Jahr, Januar/ Februar/ März besuchen.

Auf sein Anliegen hin, dass ich meinen Namen ändern möchte und sie die dafür benötigten Unterlagen bitte nach Saalfeld schicken möchten, sagte die Dame, „Das können sie machen wenn sie in Deutschland sind."

Ali flog zurück nach Hause und war voller Zuversicht wegen dieser Aussage. Wir warteten voller Ungeduld und Spannung auf das Ergebnis.

Am 8. Juli war es soweit. Ali durfte seinen Reisepass wieder in Ukunda bei 4GS abholen.

An diesem Tag hatte ich Dienst und auch ich war sehr aufgeregt. Ali hat in meinem Handy einen speziellen Ton, sodass ich sofort erkenne wenn er schreibt, ohne zu gucken.

Wir waren im Einsatz und standen zu viert bei einer Patientin im Pflegeheim am Bett, wo es darum ging, sie ins Krankenhaus mit zu nehmen oder nicht als plötzlich Nachrichten von Ali kamen. Mein Kollege wusste Bescheid auf was ich wartete und so ging ich etwas zurück um meine Nachrichten zu lesen. Mich traf fast der Schlag. Visum abgelehnt. Ich stand in dem Zimmer und konnte nicht glauben was ich da las. Tränen liefen mir übers Gesicht. Die Patientin verblieb im Pflegeheim und wir fuhren zurück zur Wache.

Dort angekommen fragte ich Ali nach der Begründung und dachte er lügt mich an. Er schrieb,"Die selbe Begründung wie immer." Er hat nicht genügend Gründe um nach Kenia zurück zu kehren, weil er unter anderem in Kenia nicht verheiratet ist. Das konnte ich nicht glauben. Ich bat ihn, den Bescheid zu fotografieren und mir per WhatsApp zu schicken. Außerdem brauche ich den Ablehnungsbescheid, um bei der im Voraus abgeschlossenen Krankenversicherung zu beweisen, dass Ali nicht einreist und einen Teil

der Versicherungssumme zurück erstattet
bekomme.
Er schickte mir das Foto und es war wirklich
wie jedes mal die selbe Begründung. Das ging
nicht in meinen Kopf. Am liebsten hätte ich
sofort alle Hebel in Bewegung gesetzt um an
dieser Entscheidung etwas zu ändern, aber ich
musste warten bis ich zu Hause war.
Der ganze Zirkus vorneweg,
Ehefähigkeitszeugnis, dafür musste er
beweisen, dass er Single ist und jetzt darf er
mich nicht besuchen weil er keine Frau in
Kenia hat. Wenn er die hätte, hätte ich ihn nie
heiraten dürfen. Was ist das für eine Idiotie?
Die Schicht zog sich endlos hin. Als ich am
nächsten Tag nach Hause kam, setzte ich mich
Früh an meine Laptop um eine Klage beim
Landesverwaltungsamt in Berlin einzureichen.
Schließlich war ich jetzt Angehörige und ich
schilderte den Sachverhalt und dass wir uns
mit dieser Entscheidung nicht zufrieden geben
werden. Ali schrieb ich, dass ich alles
versuchen werde was in meiner Macht steht.
Das Wochenende verging und Montag früh rief
ich im Auswärtigen Amt an und erklärte auch
dort mein Anliegen. Der Mann am anderen
Ende erklärte mir, er versteht mich aber die
Rechtslage ist so. Wenn jemand eingeladen

wird zu Besuch, muss dieser jemand immer genügend Gründe haben um in sein Land zurück zu kehren, zum Beispiel weil er dort verheiratet ist oder eine feste Arbeitsstelle mit Lohnnachweis, eine Immobilie zum vermieten oder ein Vermögen besitzen sollte. Wenn das nicht gegeben ist, wird ein Besuchervisum abgelehnt.

Ich fragte nochmal, wie er in Kenia verheiratet sein soll wenn er seine Frau in Deutschland besuchen will? Er sagte noch einmal, dass er mich versteht aber die Rechtslage eine andere ist.

Deprimiert legte ich auf und setzte meine ganze Hoffnung auf die Klage bei Gericht. Dort rief ich auch an und erfuhr, dass ich bereits schon früher hätte klagen können mit einer Vollmacht von Ali und das nicht nur als Angehörige kann. Auf meine Frage, wie lange eine Entscheidung dauern würde, sagte man mir, das hängt davon ab ob er schon einen Flug gebucht hat. Das konnte ich verneinen. Ich buche doch keinen Flug ohne Visum. Da kann ich mein Geld ja gleich ins Gully werfen. Nun warteten wir auf Antwort. Nach gar nicht allzu langer Zeit bekam ich einen Brief vom Verwaltungsgericht aus Berlin. Darin stand, meine Klage ist eingegangen und ich soll erst

mal 438 Euro Gebühren bezahlen. Für was? Es ist doch noch gar nichts passiert! Jeder Flüchtling darf gegen seine Abschiebung klagen, ich frage mich wer da bezahlt.
Ich rief bei meiner Rechtsschutzversicherung an und fragte ob diese die Kosten übernehmen. Dort sagte man mir, sie bezahlen nur Anwälte und keine Gerichtskosten. Eine kostenlose Anwaltsauskunft könnte ich sofort haben und darauf hin wurde mein Anruf weiter geleitet. Dem Anwalt erklärte ich meine Sachlage, aber bevor ich ausgesprochen hatte, riet er mir bereits die Klage zurück zu ziehen. Es sei nur Zeit- und Geldverschwendung. Meistens würde so etwas ein halbes bis ein Jahr dauern und bis dahin hat sich oftmals alles geklärt. Erneut rief ich im Gericht in Berlin an und fragte wie lange es dauern würde. Meine Gesprächspartnerin antwortete, Sie hat die Klage vor sich liegen. Jetzt schreiben sie die Botschaft in Nairobi an. Diese hat dann 6 Wochen Zeit darauf zu reagieren. Danach würde meine Klage mit der Antwort der Botschaft zum Auswärtigen Amt gegeben und dort geprüft. Denen ihr Rechtslage kannte ich bereits. Sie sagte zu mir, „ Eine Entscheidung vor Ende Oktober ist sehr unwahrscheinlich." Sogar einen Verwanden im Thüringer Landtag

hatte ich angerufen und gefragt ob er uns nicht helfen kann. Er schrieb auch an die Botschaft nach Kenia und fragte, wie es denn mit Einzelprüfung aussieht bei einem Besuchervisum für Eheleute, aber er erhielt keine Antwort.

Mit Ali hatte ich bereits über das weitere Vorgehen geschrieben. Wir wollten nicht bis Ende Oktober oder November warten um wieder eine Absage zu bekommen. Wenn Ali dann von Januar bis März Schule machen wollte, brauche ich in dieser Zeit nicht nach Kenia zu reisen. Im April würde ich auch nicht kommen, weil ich dann lieber bis Mai warten und zu unserem Hochzeitstag und Alis Geburtstag kommen würde. Damit hätten wir uns aber ein Jahr lang nicht gesehen. Also machte Ali den Vorschlag noch in diesem Jahr die Deutschschule zu machen und ich würde dann gleich zu Jahresbeginn zu ihm kommen. So teilte ich dem Verwaltungsgericht mit, dass Ali die Schule im August beginnt und ich damit die Klage zurück ziehe. Die Aussicht auf Erfolg war sehr minimal.

Schule

Wie abgesprochen startete Ali im August die drei monatige Schule in Mombasa. Dafür musste er von Montag bis Freitag für zwei Stunden zur Schule. Von 14-16 Uhr war Unterricht. Er verließ sein Haus spätestens 11:30 Uhr und kehrte manchmal erst gegen 18:30 Uhr oder später zurück. Es zeigte uns, dass es ziemlich sinnlos gewesen wäre wenn ich in dieser Zeit dort Urlaub gemacht hätte. Wir hätten uns kaum gesehen. Die Schule lenkte ihn ab und machte ihm Spaß. Und auch wenn er sprachbegabt ist, er spricht bereits englisch, französisch, arabisch und Suaheli, war die deutsche Sprache nicht so einfach für ihn. Manchmal fragte er mich zum Beispiel, „heißt es im Sommer, am Sommer oder um Sommer?" Er schrieb mir, dass Dativ, Infinitiv und sehr viel Grammatik gelernt haben. Bis November ging die Schule und am 21. und 22.11. war Prüfung in Nairobi.
Aufgeregt trat er die Reise zur Prüfung mit seiner Klasse an. Sie fuhren mit dem Bus und sollten drei Tage dort bleiben. Am Ende waren es aber nur zwei Tage. Sie starteten in Mombasa Sonntagmittag und erreichten

Nairobi und ihr Hotel nach Mitternacht. Unvorstellbar in Deutschland, danach zu einer zwei tägigen Prüfung zu gehen! Montag war Sprechen und Hören dran, Dienstag Lesen und Schreiben. Er schrieb mir, das Sprechen war nicht so einfach. Ein Prüfling sollte ihm in Deutsch etwas sagen oder ihn etwas fragen und er musste darauf in Deutsch antworten. Er erklärte mir, wenn der andere Teilnehmer schlecht spricht und er es nicht versteht, ist es schwierig, richtig zu antworten.

Dienstag schrieb er, war gut. Wir hofften, dass er eventuell schlechtes Sprechen oder Hören mit gutem Lesen und Schreiben ausgleichen konnte. 75 Prozent mussten geschafft werden, um das erforderliche A1 Zertifikat zu erhalten. Und im Zuge des Fortschritts erfuhr er, dass er das Ergebnis bereits am Freitag online im Netz nachlesen konnte. Ali's Klasse fuhr Dienstagabend wieder zurück und Mittwoch war er zu Hause. Eine Woche später schrieb er mir, dass er schlechtes Internet habe und die Seite der Schule nicht öffnen kann. Er schickte mir seine Zugangsdaten und ich schaute nach, aber es war noch nicht verfügbar.

Ali rief seinen Lehrer an und erfuhr, dass es erst nächsten Freitag wird.

Das war der 2. Dezember. Ich war auf Arbeit

und dachte an diesem Tag noch nicht daran, dass wir heute das Ergebnis erfahren werden, als Ali mir plötzlich eine Nachricht schickte, „Prüfung bestanden, mit 96 Prozent!" Sein Lehrer rief in an, gratulierte ihm und sagte ihm, dass er der beste von allen 120 Prüflingen war. Was für eine Freude!

Eine Woche später konnte er bereits sein Zertifikat in Mombasa abholen. Sein Lehrer sagte, er soll weiter Deutsch lernen, aber Ali sagte, er möchte endlich nach Deutschland zu seiner Frau. Dort wird er weiter lernen.

7 Monate warten

Wie abgesprochen, flog ich gleich am 3. Januar wieder nach Kenia, nach sieben Monaten warten. Diesmal waren andere Dokumente in meinem Gepäck, da für ein Langzeitvisum keine Krankenversicherung im Vorfeld abgeschlossen werden muss und auch keine Verpflichtungserklärung gebraucht wird. Diesmal waren zwei Kopien meines Reisepasses oder Personalausweis erforderlich, beglaubigt von der Gemeinde. Einen Personalausweis habe ich seit 2015 nicht mehr. Meiner war abgelaufen und ich wollte erst einen neuen beantragen, wenn ich endlich meinen neuen Namen habe. Wir hatten uns in diesem Urlaub für eine andere Villa entschieden, eine im Mango Park, mit Pool, Fernseher und Security. Die Vermieterin wohnte auch auf dem Areal und so war es kein Problem, dass wir um 6:00 Uhr früh dort eintrafen.

Unsere Ausflüge im Urlaub beschränken sich mittlerweile auf die Besuche im Dorf, seiner Familie, zum Einkaufen und ins „Forty Thieves und „Shakatak".

Und in der Villa kümmerten wir uns um das

Sortieren und Ausfüllen von Anträgen für Botschaftsbesuche. So füllten wir zusammen den Antrag für das Langzeitvisum aus. Den hatte ich zu Hause ausgedruckt und mitgebracht. Eventuell wollten wir nochmal gemeinsam zur Botschaft nach Nairobi fliegen, aber Anträge für Langzeitvisum werden immer nur montags entgegen genommen. Und der nächste freie Termin war der 13. Februar. Zu dieser Zeit war ich längst wieder zurück in Deutschland.

Ali machte den Termin für den 13.02. fest und bekam die Bestätigung dafür. Wir malten uns aus, 9 Wochen Bearbeitungszeit, das wäre Ostermontag. Da hat die Botschaft geschlossen. Sie genießen den Luxus, deutsche und kenianische Feiertage frei zu haben. Also werden wir eventuell am Gründonnerstag die Nachricht vom Visum erhalten. Und wenn Ali das Visum ab Mai bekommt, werden wir gleich für Anfang Mai einen Flug buchen und ich werde ab Mitte Mai zwei Wochen Urlaub machen. Dann können wir unseren ersten Hochzeitstag gemeinsam in Deutschland genießen. Dazu wollten wir für ein paar Tage in ein Hotel im Thüringer Wald. Ali sollte erst mal ein bisschen seine neue Heimat kennen lernen und wir wollten ein paar kleine Berge bewandern.

Größere Berge wollten wir dann erkunden, wenn mein nächster Urlaub im September ist, Oberbayern oder Österreich. Aber bis dahin war ja noch viel Zeit. Nun hatten wir wieder mal alle Papiere zusammen und genossen die gemeinsame Zeit.

Vor meiner Abreise gingen wir noch zu einem Schnitzer. Von ihm hatte ich im letzten Urlaub eine Giraffe von 170 Zentimeter Höhe gekauft. Nun wollte ich ein Namensschild für mein Haus. Ich möchte einen Doppelnamen, Ali's Familien- und meinen Mädchennamen. Zu Hause hatte ich bereits abgemessen, wo jetzt die Schilder hängen von Namen und Hausnummern und wo die Löcher in der Wand waren. Ali gab ich die Maße und erklärte ihm meine Vorstellungen von dem Schild und einer dazu passenden Hausnummer. Er entwarf eine Skizze und damit gingen wir zum Schnitzer. Dieser sah sich alles an, fragte ob hell oder dunkel und wir verhandelten einen guten Preis: Ein gebrauchtes Nokia Smartphone plus 10 Dollar. Um ein Smartphone bat er mich bereits beim Giraffenkauf. Und wenn auch 7 Monate dazwischen lagen, vergessen habe ich es nicht. Am nächsten Abend waren wir an einem Straßenkiosk ganz in der Nähe vom Strand, als der Schnitzer uns sah und sagte mein Schild ist fertig. Wir liefen gemeinsam zum Shop und ich sagte „ein bisschen dunkler wäre schöner". So verabredeten wir uns für den nächsten Vormittag. Das Handy und das Geld tauschte ich nun für ein schönes, einzigartiges, afrikanisches Namensschild und einer Hausnummer. Zu Ali sagte ich, wenn du im Mai kommst und wir waren beim Standesamt um endlich meinen Namen zu ändern, dann wird unsere erste gemeinsame Tat sein, das Schild am Haus anzubringen. Es ist wirklich sehr schön, mit einem Elefant, einer Giraffe und einem Löwenkopf. Die Hausnummer steht unter einer Palme.

Rückflug mit Hoffnung auf baldiges Wiedersehen

Am 18. Januar flog ich wieder heim und auch
dieses Mal ließ ich einen großen Koffer für Ali
zurück. Dann konnte er, wenn er im Mai
kommt, zwei große Koffer voll packen bei 46
Kilo Freigepäck. Jetzt hieß es wieder warten.
Erstmal bis zum 13. Februar und dann noch
mal 9 Wochen, aber es war überschaubar.
Die Reise nach Nairobi im Februar verlief für
Ali problemlos. Er war pünktlich zu seinem
Termin in der Botschaft und man teilte ihm
mit, sie werden die 9 Wochen Bearbeitungszeit
brauchen, weil ich jetzt überprüft werde. Sind
meine Angaben alle richtig, habe ich eine feste
Arbeitsstelle, regelmäßiges Einkommen und
habe ich auch wirklich Platz, dass Ali bei mir
wohnen kann. Da wir in dieser Hinsicht nichts
zu befürchten haben, waren wir uns zu 90
Prozent sicher, zu Ostern das Visum zu
bekommen.
Ali schrieb mir auch, ich werde mitkriegen,
wenn ich überprüft werde. Man wird mich
kontaktieren, per E-Mail oder Telefon. Das
konnte ich mir nicht richtig vorstellen. Wollen

sie mich fragen, ob meine Angaben stimmen?
Trotzdem hoffte und wartete ich auf irgendeine
Regung. Ich dachte, wenn sie mich überprüfen
wollen, werden sie das über die Gemeinde
oder das Finanzamt machen, aber nicht über
mich.

So vergingen 8 Wochen ohne dass etwas
geschah. Kein Anruf, keine E-Mail, nichts. Am
Montag vor Ostern, dem 10.04. schrieb ich am
frühen Morgen eine E-Mail an die Deutsche
Botschaft nach Nairobi. Vorsichtig fragte ich
an, ob sie uns schon Auskunft geben können
über die Entscheidung für meinen Mann.
Schließlich sind die 9 Wochen fast um und
wir planen einen Kurzurlaub für Mai in
Deutschland. Denn da haben wir unseren
ersten Hochzeitstag und möchten diesen
logischerweise zusammen verbringen.
Außerdem war Anfang Mai ein
Familienausflug von meinem 2. Arbeitgeber
aus geplant. Dazu hatte ich Ali mit angemeldet
und wir wollten einen ganzen Tag im
Freizeitpark Geiselwind verbringen. Ein Foto
von den Eintrittskarten mit Namen und ein
Foto von meinem neuen Namensschild für
mein Haus fügte ich bei. Sie sollen nicht
denken, dass wir eine Scheinehe führen. Von
Ali weiß jeder in meiner Umgebung und in

meinem Bekanntenkreis. Alle warten und wollen ihn auch endlich mal kennen lernen. Nachdem ich die Mail gesendet hatte, schrieb ich Ali, es sei erledigt und ging zum Fitness Studio.

Als ich dort fertig war, zeigte mir mein türkises Licht am Handy, dass ich Nachricht von Ali habe.

Ich dachte, jetzt schreibt er, „Habe Post aus Nairobi, Visum ist genehmigt" Eilig lief ich raus, setzte mich in mein Auto und las. Er schrieb nicht HURRA oder HAPPY oder einen lachenden Smiley, er schrieb, er hat eine E-Mail bekommen, kann diese aber nicht lesen, sie ist sehr lang und in Deutsch. Er schickte sie mir und auch ich konnte diese nicht öffnen. Aufgeregt raste ich nach Hause und setzte mich in die Küche. Ich las die E-Mail auf meinem Handy, aber je länger ich las, umso stärker wurde das Gefühl von Enttäuschung und endloser Traurigkeit. Noch kein Visum. Man müsse nun noch zwei Urkunden prüfen, seine Geburtsurkunde und unsere Eheurkunde. Im Anhang ein Merkblatt vom Auswärtigen Amt. Diese Prüfung kann bis 6 Monate dauern und kostet 250 Euro pro Urkunde. Eine Landkarte mit roten und gelben Flächen, die deutlich macht, gelbe Fläche 250 Euro, rote

Fläche 350 Euro. Zum Glück ist Ali's Gebiet gelb.

300 Euro müssen als Anzahlung in bar in der Botschaft hinterlegt werden. Solange dieses Geld nicht da ist, passiert gar nichts.

Eine Welt brach für mich zusammen. Aus der Traum von gemeinsam ab Mai, zusammen Hochzeitstag, nichts, keine Namensänderung. Warten 6 MONATE! Ich saß da und konnte nur noch heulen. Das alles musste ich nun noch Ali beibringen. Er war danach mindestens genauso am Boden zerstört wie ich. Zwei Stunden später erhielt ich die E-Mail persönlich von der Botschaft.

Am Nachmittag rief ich im Auswärtigen Amt an und berichtete von der E-Mail. Die Dame fragte mich, was die Botschaft bis jetzt gemacht hat und ich antwortete, „Das fragen sie MICH?" Ich sollte eine E-Mail schicken ans Auswärtige Amt und die Mail der Botschaft als Anhang mit senden. Das machte ich dann gleich im Anschluss des Telefonats. Außerdem schrieb ich eine E-Mail an Frau Merkel, „...jeder Flüchtling kann hier her kommen ohne Pass, ohne alles....Wir können alles belegen, haben Urkunden und Zertifikate, haben ein Recht darauf, gemeinsam zu leben und ich muss für eine Urkundenprüfung 500

Euro bezahlen. Warum?"
Dann schrieb ich noch der Botschaft zurück,
dass es für meinen Mann jedes Mal sehr
zeitaufwendig, kompliziert und kostenintensiv
ist, zur Botschaft zu kommen und fragte, ob
ich nicht das Geld überweisen oder schicken
kann, von mir aus über Western Union oder
MoneyGram. Als Antwort bekam ich per Mail,
das Geld muss in Bar in der Botschaft
hinterlegt werden. Dazu kann mein Mann
jeden Freitagvormittag ohne Termin nach
Nairobi kommen, oder er macht online einen
Termin zum nächsten Konsularsprechtag am
05. Mai in Mombasa. Ich schrieb Ali von der
zweiten Möglichkeit, das Geld zu hinterlegen
und er versuchte einen Termin in Mombasa zu
bekommen.
In den vier Tagen von Montag bis Donnerstag
habe ich vier Kilo abgenommen. Seelische
Grausamkeit ist die schlimmste Diät. Im
Internet erkundigte ich mich sogar nach den
fünf sichersten, illegalen Wegen, um nach
Deutschland zu gelangen, aber davon bin ich
schnell wieder abgekommen. Mit einem
gefälschten Pass zum Beispiel würde alles
noch viel schwieriger werden oder Ali würde
niemals deutschen Boden betreten. Und so ein
Risiko wollten wir beide nicht eingehen. Am

Karfreitag schrieb mir Ali, dass er keine Antwort auf den online Termin in Mombasa bekommen hat.. Wieder schrieb ich an die Botschaft, dass Ali keinen Termin kriegt.
Nun wollte er einen Sitzplatz im Bus für nächsten Freitag nach Nairobi buchen. Er wollte nicht nochmal zwei Wochen länger warten. 9 Wochen und 6 Monate sind lange genug.
Dienstag bekam ich von der Botschaft zur Antwort, sie haben meinem Mann am 5. Mai in Mombasa einen Termin reserviert und freuen sich, meinen Mann an diesem Tag begrüßen zu dürfen. Ich schrieb zurück, dass mein Mann inzwischen einen Sitzplatz im Bus gebucht hat und bereits am Freitag den 21. April nach Nairobi fährt. Daraufhin bekam ich wieder eine E-Mail „Danke für die Rückinformation. Wir freuen uns, Ihren Mann in Nairobi begrüßen zu dürfen".
Fast zeitgleich bekam ich Post vom Bürgerservice des Bundeskanzleramts. Man teilte mir mit, Frau Merkel kann sich nicht um mein Problem kümmern. Ich solle mich ans Auswärtige Amt wenden. „Vielen Dank für Ihr Verständnis"! Auf 180 schrieb ich, „Ich habe kein Verständnis dafür! Das Auswärtige Amt macht gar nichts!" Es folgte keine Antwort

mehr. Nachdem ich die E-Mail ans Auswärtige
Amt mit dem Anhang der Mail aus Nairobi
gesendet hatte, schrieb man mir zurück, wenn
Urkunden geprüft werden müssen, kann das so
lange dauern.

Da es für Ali immer sehr umständlich ist, nach
Nairobi zu gelangen, schrieb ich ihm, dass ich
ihm gleich die 500 Euro schicke und er alles
mit einem mal bezahlen soll. Wenn sie nein
sagen, soll er erklären, wie aufwendig und
teuer das für uns ist. „Von mir aus," schrieb ich
Ali „ sollen sie 300 Euro für Anzahlung
nehmen und den Rest meinetwegen als
Bestechung sehen. Hauptsache, es tut sich
was." Außerdem schrieb ich „Bist du bis
Jahresende nicht bei mir, werde ich Anfang
des Jahres für immer zu dir kommen und
Deutschland den Rücken kehren."

So fuhr Ali am 20. April von Mombasa nach
Nairobi, die ganze Nacht, und erreichte die
Botschaft gegen 8 Uhr morgens. Er musste
noch etwas warten. Als er schließlich an der
Reihe war, gab er die 500 Euro ab. Die
Beamtin sagte zu ihm, erst mal nur 300 Euro
und Ali erklärte, warum er bereits alles
bezahlen möchte. Darauf meinte sie,das wäre
okay, er brauche dann nicht nochmal zu
kommen. Nun würden sie sich beeilen, gleich

nächste Woche beginnen und wir könnten mit einer Bearbeitungszeit von 3 Wochen bis 3 Monaten rechnen. Sollten wir aber nach drei Monaten noch nichts gehört haben, sollten wir uns keine Gedanken machen.

Die Quittung allerdings bekam er nur für 300 Euro. Die Quittung für die restlichen 200 Euro käme mit dem Pass.

Wir hatten große Hoffnung, nun doch noch unseren Urlaub im Mai zusammen zu verbringen und unseren ersten Hochzeitstag zusammen feiern zu können.

3 Wochen waren vergangen und ich fragte mal wieder vorsichtig bei der Botschaft an, ob man uns schon etwas sagen könnte. Zur Antwort bekam ich, „ Die Bearbeitungszeit beträgt 6 Monate." Fertig. Das saß. Auf mein erneutes betteln, dass wir schon alles bezahlt haben und mit einer kürzeren Wartezeit rechnen durften, kam keine Antwort mehr.

Es war Mai, Ali war nicht da. Der Tag im Freizeitpark musste ohne ihn stattfinden. Dann kam mein Urlaub, alleine zu Hause. Ich konnte mich 4 Wochen darauf vorbereiten, aber als der Urlaub begann und ich alleine hier war, wusste, kein Hochzeitstag zusammen, keine Geburtstagsfeier für Ali, da ging es mir einfach nur schlecht. Bauchschmerzen und

unendlich traurig. Dazu kam, dass mein Chef mir von heute auf morgen mein zweites AV streichen wollte. Nun hatte ich noch extra Sorgen und nahm mir einen Anwalt. Alles kam zusammen. Ich ging zu meiner Hausärztin, sie fragte wie es mir geht und ich konnte nicht antworten, saß da und hab geheult. Auch sie kennt die Geschichte mit meinem Mann. Sie untersuchte mich und stellte fest, „Beginnendes Magengeschwür". Na Klasse. Nun war ich erst mal zwei Wochen krank. Und auch wenn ich Fahrrad fahre und mich ablenke, wenn ich nach Hause komme und alleine sitze, sind alle Probleme wieder da. In dieser Zeit entschloss ich mich, dieses Buch zu schreiben. Auch wenn es vielleicht nicht viele Leute interessiert, aber es tut mir gut. Nach dem krank stürzte ich mich wieder in meine Arbeit, 2 Jobs, nebenbei ins Fitness Studio und 3000 Kilometer Rad gefahren in diesem Jahr. Nur nicht zur Ruhe kommen. Wenigstens durfte ich meiner zweiten Beschäftigung weiter nachgehen. Das war ein großer Erfolg für mich. Ohne diese Abwechslung im Supermarkt würde mir die Decke auf den Kopf fallen.
Ich schrieb an Ali, dass ich im Juli ein Visum beantrage für den Fall, dass er noch nicht hier

ist und ich meinen September Urlaub dann wieder mit ihm verbringe. Wir einigten uns, jeden Monat eine E-Mail an die Botschaft zu schicken, um nicht in Vergessenheit zu geraten. Die Antworten waren jedes Mal gleich. 6 Monate Bearbeitungszeit.
Wir suchten so langsam ein Hotel für September. Eigentlich wollte ich eine Reiserücktrittsversicherung abschließen für den Fall, dass Ali doch noch vor September kommt, aber dann entschloss ich mich dagegen. Inzwischen freute ich mich, wieder nach Kenia zu meinem Mann und seiner Familie zu kommen und auch wieder auf den Ozean und das Wetter. Im August buchte ich einen Flug und das „Papillon Lagoon Reef" für 16 Tage. Bevor ich meinen Urlaub antrat, schrieb ich wieder eine E-Mail an Frau Merkel. „Ich lese dauern Ihre Wahlplakate >>Mehr Respekt vor Familie<< wo bleibt das bei uns? >>Für ein Deutschland in dem wir gut und gerne leben>>, das wollen wir auch, aber man lässt uns nicht. Man hält meinen Mann in Kenia fest wie einen Strafgefangenen!"

Zum 8. Mal nach Kenia

Endlich war der 31. August und ich begann meinen Weg wieder von Nürnberg über Amsterdam und Nairobi nach Mombasa. Mein Mann war wie immer am Flughafen, um mich abzuholen. Nach 8 Monaten sich endlich wieder in die Arme zu fallen war ein unbeschreibliches Gefühl. Wir fuhren mit dem Taxi zum Hotel und waren glücklich, endlich zu zweit alleine in unserem Zimmer zu sein. Der Urlaub war fabelhaft und im nach hinein stellten wir fest, obwohl uns alle anderen Hotels bis jetzt besser gefallen haben, war dieser Urlaub der erholsamste von allen: nicht kochen, nicht einkaufen und keine Hochzeit vorbereiten. Nur genießen und faulenzen. Wir gingen jeden Tag baden ins Meer, spielten täglich 3 Runden Skipbo und 3 Runden Billard. Mein Mann spielte ein Fußball Match mit seiner Mannschaft. Wir machten zwei kleinere Ausflüge, waren wie immer Pizza essen im Forty Thieves und danach in der Disco.
Aber ansonsten lagen wir nur faul im Palmengarten, hörten Musik und ließen keine Mahlzeit aus.

Gleich am zweiten Tag schrieb ich über die E-Mail Adresse meines Mannes von seinem Handy aus eine Mail zur Botschaft. „Wir sind jetzt hier zusammen im Urlaub und wünschen uns von ganzem Herzen, dass wir zusammen nach Hause fliegen können. Es fällt uns sehr schwer, sich am Flughafen zu verabschieden und nicht zu wissen, wann wir uns wieder sehen. Und es gefällt uns auch nicht, wenn andere vielleicht denken, wir sind hier nur zum Spaß zusammen." Außerdem sollten sie mir erklären, warum unsere Eheurkunde, die ja direkt nach der Trauung vom Standesamt aus zur Botschaft zum Stempeln geschickt wurde, jetzt für 6 Monate und 250 Euro geprüft wurde. Wie immer folgte darauf die automatische Antwort, dass unsere E-Mail eingegangen ist. Mit der Zeit verloren wir die Hoffnung auf einen gemeinsamen Heimflug. Donnerstag den 14. September schrieb ich erneut, diesmal über meine E-Mail Adresse, dass wir sehr traurig sind bis jetzt nichts gehört zu haben und dass wir uns wieder verabschieden müssen auf unbestimmte Zeit. Bereits am Freitag kam die Antwort. „ Es tut uns leid Ihnen mitteilen zu müssen, dass wir bis jetzt kein Ergebnis haben." Das haute uns fast um. Noch 5 Wochen bis die Frist von 6

Monaten vorbei ist und jetzt haben sie immer noch nichts. Und dann wollen sie plötzlich in 5 Wochen alles regeln? Wenn sie das Ergebnis haben, schicken sie dieses nach Deutschland zum zuständigen Ausländeramt meiner Gemeinde. Von dort bekomme ich dann eine Nachricht und muss dort persönlich erscheinen. Und wenn ich alles bestätigen kann, dann gibt Deutschland grünes Licht für die Botschaft. Und erst dann darf Ali seinen Pass mit Visum in Ukunda abholen.

Am letzten Abend gingen wir nach dem Essen zum Strand und besprachen unser weiteres Vorgehen.

Ich werde erneut im Auswärtigen Amt anrufen und spätestens nach Ende der Frist am 24. Oktober nach Berlin fahren und das Auswärtige Amt nicht eher verlassen, bis irgendetwas passiert. Auch Ali wollte sehen, ob er jemanden findet, der uns helfen kann. Er wollte im Standesamt und in seinem Geburtsort nachfragen, in wie weit dort bereits unsere Urkunden geprüft wurden. Wir schauten uns das Abendprogramm im Hotel an, ließen uns die letzte Rum-Cola schmecken und gingen auf unser Zimmer, um auf das Taxi zum Flughafen zu warten. Dieses kam um Mitternacht.

Der Abschied am Flughafen war wie so oft sehr traurig. Wir hofften zwar, in 5 Wochen Bescheid zu kriegen und das Visum zu erhalten, aber so richtig dran glauben konnten wir beide nicht. Zu oft sind wir schon enttäuscht worden.

Ali bleibt immer noch 15-20 Minuten bei mir, aber dann geht er zurück zum Taxi und ich zum Check in.

Der Rückflug ist nicht so reibungslos verlaufen, wie sonst. Wir starteten in Nairobi mit einer Stunde Verspätung wegen technischer Probleme, landeten aber in Amsterdam mit nur 5 Minuten Verspätung. Aber das war knapp genug bei nur 50 Minuten Umsteigezeit, Passkontrolle, Handgepäckkontrolle und 13-15 Minuten Fußweg zum Gate. Diesmal musste ich zum ersten Mal rennen. Zum Glück erreichte ich meinen Anschlussflieger, was allerdings meinem Koffer nicht gelang. In Nürnberg liefen noch circa 10 bis 12 Koffer auf dem Band, meiner war nicht dabei. Außer mir standen noch drei Leute da, die auf ihren Koffer warteten. So ging ich zum Schalter für Gepäckaufgabe und erklärte meinen Koffer als vermisst.

Danach fuhr ich mit leichtem Gepäck nach

Hause. Bereits am nächsten Tag bekam ich einen Anruf aus Nürnberg, „Ihr Koffer ist da. Der Kurier fährt jetzt los. Heute Abend haben sie ihren Koffer." Und circa 20:30 Uhr war der Kurier vor meiner Haustür mit meinem Koffer.

Wir begannen zu drängeln

Montag ging ich wieder arbeiten und Dienstag früh setzte ich mich bereits an meinen Laptop, um erneute E-Mails zu schreiben.

Zuerst zur Botschaft nach Nairobi, warum sie nicht auf meine Frage antworten und wieso sie eine Eheurkunde prüfen, die sie selber gestempelt haben. Bis heute keine Antwort darauf.

Danach ans Bundeskanzleramt. Von dort hatte ich nämlich Post in meinem Briefkasten. Man hatte jetzt zwar eine Fall Nummer, aber nach Prüfung wurde festgestellt, dass dafür das Auswärtige Amt zuständig ist und sie meinen Fall nach dorthin weiter geleitet haben. Ich machte nochmal deutlich, dass sich von dort niemand mehr bei mir meldet oder auf meine E-Mails antwortet, dass sie diese einfach zur Botschaft weiter senden. Fertig.

Auch von dort habe ich bis heute keine Antwort erhalten.

Und ich schrieb die kenianische Botschaft in Berlin an, ob sie etwas für uns tun könnten.

Für mich ist es immer sehr einfach, ein Visum zu bekommen und meinen Mann zu besuchen.

Dort hatte ich eine Kopie beim letzten Antrag

von unserer Eheurkunde beigefügt. Sie
antworteten sofort. Für Visum nach
Deutschland können sie nichts machen. Da
soll ich mich an die Deutsche Botschaft in
Kenia wenden.

Na, das war nicht das, was ich hören wollte.
Am Freitag, den 22. September sprach Ali mit
seinem Vater und erzählte ihm, dass wir bis
jetzt noch nichts von der Botschaft gehört
haben. Nun sagte sein Vater, er kenne
jemanden, der jetzt ein Visum bekommen hat
für Kanada und dass dieser jemand nicht so
lange warten musste, wie wir. Es stellte sich
heraus, dass dieser jemand jemanden kannte,
der etwas Druck auf die Botschaft ausüben
kann. Und nach einiger Zeit bekam Ali die
Telefonnummer dieses Mannes. Keiner kennt
seinen Namen.

Bei uns ist er nur „der Mann", der uns helfen
kann. Ali rief ihn am Montag an und er sagte,
er wird sich kümmern und meldet sich am
Freitag. Wie versprochen, rief er am Freitag
Ali zurück. Er teilte ihm mit, dass der Anwalt,
welcher unsere Urkunden seit April überprüfen
soll, bis jetzt noch nicht mal angefangen hat.
Das darf doch nicht wahr sein! Er hat bereits
den vollen Lohn für seine Arbeit erhalten und
tut nichts!

Der Mann sagte außerdem, es wäre einfacher, wenn ich auf meinem Standesamt eine Nachbeurkundung machen lasse und diese nach Kenia sende. Ich erklärte Ali, dass ich das versuchen kann, aber wenig Hoffnung habe. Weil bereits die Standesbeamte meine nicht gestempelte Eheurkunde von Mombasa nicht als solche anerkennt. Ich versprach Ali aber, am Montag trotzdem dort anzurufen und zu fragen.

Erneut rief ich im Auswärtigen Amt an und bekam eine Telefonnummer von der Abteilung für Visa - Einzelfragen. Endlich konnte jemand gucken, was hier los ist oder wie weit unser Fall überhaupt ist. Aber dort ist nur Dienstag und Freitag Telefonauskunft.

Montag den 2. Oktober rief ich im Standesamt Saalfeld an. Die gute Frau erinnerte sich sofort an mich und sagte genau das, was ich befürchtet hatte. Sie kann eine Nachbeurkundung nur mit der Urkunde machen, die seit Februar 2017 gestempelt und unterschrieben in der Botschaft in Nairobi liegt. Es ist ein Teufelskreis. Die Standesbeamtin riet mir, erneut an die Botschaft zu schreiben. Sie hätte bis jetzt immer Auskunft bekommen. Ich sagte ihr, dass das bei mir leider nicht der Fall ist. Oft reagieren sie überhaupt nicht.

Dann rief ich im Ausländeramt in Saalfeld an und fragte, ob sie inzwischen eine Information zur Familienzusammenführung aus Nairobi haben. Und auch dort hat man sich sofort an mich erinnert. Schließlich war ich schon dreimal dort wegen einer Verpflichtungserklärung, die zweimal verloren gegangen ist. Aber negativ, sie wussten von nichts und ich musste mir sagen lassen, dass eine Wartezeit von mittlerweile 8 Monaten sehr ungewöhnlich ist.

Es machte uns deutlich, dass der Anwalt wirklich bis jetzt untätig war.

Weil mich dieses ewige E-Mail schreiben selber nervt, unternahm ich zum zweiten Mal schon den Versuch, die Botschaft in Nairobi anzurufen, schließlich haben sie Telefonzeiten. 1 Minute kostet 2 Euro. Aber nachdem ich zwanzig Minuten für dann 40 Euro mit Musik beschallt wurde, habe ich enttäuscht aufgelegt und doch wieder geschrieben.

Ich fragte, wie sie ihre Frist von 6 Monaten einhalten wollen, wenn der Anwalt bis jetzt untätig war? Warum sie nicht mit guten Anwälten zusammen arbeiten, sondern mit solchen, die das Geld einstecken und 6 Monate verstreichen lassen, ohne einmal aktiv zu sein.

Und warum sie nicht auf meine Frage antworten, weshalb sie überhaupt die Eheurkunde prüfen, die sie vor eineinhalb Jahren gestempelt haben.
Wie immer kam die automatische Antwort, dass meine E-Mail eingegangen ist.
Am Dienstag ist Feiertag, 3.Oktober und da wird in der Deutschen Botschaft nicht gearbeitet, ist ja deutscher Feiertag. Und auch mit meinem Anruf zum Fachreferat für Visa – Einzelfragen musste ich bis Freitag warten.
Ali wollte den Dienstag nutzen, um erneut „den Mann" zu kontaktieren.
Donnerstag bekam ich eine E-Mail vom Auswärtigen Amt. Leider konnte man erst jetzt auf meine E-Mail antworten auf Grund eines Personalwechsels. Und der Absender der E-Mail war genau die Person, die ich am Freitag wegen Einzelfrage anrufen wollte. Das passte hervorragend. Damit würde sie gleich wissen, mit wem sie es zu tun hat und worum es ging. Und das wusste sie auch gleich, als ich am Freitag dort anrief und mich mit meinem Namen meldete. Sie sagte mir, dass sie die Botschaft in Nairobi kontaktiert habe und nun auf deren Antwort wartet. Mit Sicherheit würde sie eine Antwort bekommen. Das baute mich auf. Nun wurde von zwei Seiten Druck

ausgeübt. Außerdem sagte sie, dass sie auch ihr erklären sollen, warum die Eheurkunde geprüft wird, wenn diese bereits von dort gestempelt wurde.

Das Wochenende verging und bereits am Montag bekam ich ein E-Mail aus Nairobi. „ Es tut uns leid, dass Sie so lange warten mussten, aber die Standesämter in Kenia haben sehr viel zu tun.. Wir werden noch in dieser Woche Ihre Urkundenprüfung beenden. Sobald wir das Ergebnis haben, bekommt Ihr Mann Bescheid." Also bis 13. Oktober wäre die Prüfung beendet.

Endlich ein Lichtblick, es kam Bewegung in die Sache.

Nun dachten wir, alles läuft etwas zügiger und die Botschaft spielt auch endlich mit, aber wir sollten uns nicht zu früh freuen. Zehn Tage später, am 23. Oktober, fragte mein Mann bei der Botschaft nach, wie lange er nun noch auf sein Visum warten muss. Einen Tag später, am Dienstag, bekam er Antwort, „Wie lange das jetzt noch dauert, hängt von Deutschland ab. Alles ist im zuständigen Ausländeramt der Gemeinde." Da ich zu Hause war, rief ich gleich in Saalfeld an und fragte nach, aber dort hatte man noch nichts aus Nairobi erhalten. Erneut übten wir uns in Geduld. Vielleicht hat die Botschaft ja nicht online gesendet. Also warteten wir. Noch eine Woche später, am 30. Oktober, rief ich wieder in Saalfeld an und musste erfahren, dass die Botschaft zwar die Unterlagen gesendet hat, aber leider nicht mitgeteilt hat, dass die Urkundenprüfung abgeschlossen ist. Ich glaubte nicht richtig zu hören. Die gute Frau aus dem Amt versprach mir, bei der Botschaft per E-Mail nachzufragen. Und ich habe gleich wieder an die Botschaft geschrieben und gefragt, warum sie das Ergebnis nicht nach Saalfeld schreiben oder die Mitteilung, dass die Prüfung abgeschlossen ist. Dienstag erhielt ich Post aus Berlin, trotz des Feiertages, und das Auswärtige Amt schrieb mir, dass die Botschaft in Kenia auf Grund von Neuwahlen ein paar Tage geschlossen war. Am Donnerstagnachmittag hatte ich frei und im Ausländeramt war langer Nachmittag. So nutzte ich die Gelegenheit, nach der Arbeit vorbei zu fahren und nachzufragen. Es war nicht voll und ich musste nicht mal 5 Minuten warten. Erneut sagte man mir, dass man immer noch nichts von Nairobi gehört hat wegen dem Abschluss. Zum Glück sagte mir die Beamtin, welche Unterlagen sie nun noch von mir benötigten. Ich fuhr nach Hause, schrieb wieder an die Botschaft, (das werde ich jeden Tag machen bis ich Erfolg habe), holte Lohnzettel, Arbeitsvertrag und einen Eintrag vom Grundbuch und außerdem eine Erklärung, dass mein Mann bei mir wohnen wird. Dann machte mich wieder auf den Weg nach Saalfeld. Dort wurde alles kopiert und man teilte mir mit, von hier aus sei jetzt alles fertig. Sobald sie die Nachricht erhalten über den Abschluss der Urkundenprüfung, werden sie alles zurück schicken nach Nairobi. Mich bräuchten sie nun nicht mehr zu kontaktieren. Da war ich schon mal sehr froh. Bei zwei Jobs, dann noch frei zu haben, wenn Ämter offen sind, das ist manchmal schwierig.

Am darauf folgenden Dienstag rief ich gegen Mittag beim Ausländer Amt in Saalfeld an und musste erfahren, dass immer noch keine Information von Nairobi kam. Erneut schrieb ich nach Nairobi und Berlin und bat um die sehnsüchtig erwartete Mail, dass die Urkundenprüfung abgeschlossen ist. Da seit der Beendigung der Prüfung schon wieder über drei Wochen vergangen waren, drohte ich damit, an die Öffentlichkeit zu gehen. Wir warten nun seit fast 9 Monaten, ohne Erfolg. Am Freitag dann endlich eine E-Mail von der Botschaft.

„Wir haben nun die erforderlichen Dokumente aus Saalfeld und werden nun noch eine abschließende Prüfung aller Unterlagen vornehmen." Ich dachte ich lese nicht richtig. Sofort schrieb ich zurück: „Ihre E-Mail ist für mich nicht zufrieden stellend. Das Wort Prüfung kann ich nicht mehr hören. Sie prüfen seit 9 Monaten. Ist mein Mann nicht zu Beginn meines Urlaubs am 20. November hier, gehe ich an die Öffentlichkeit." Zwei Stunden später dieselbe Information aus Berlin.

Dann war Wochenende und Montag früh kam wieder Post aus Nairobi. „Leider mussten wir feststellen, dass ihr Mann noch keine Krankenversicherung hat. Sobald Sie diese nachreichen, kann das Visum erteilt werden." In mir fiel alles zusammen. Von einer Krankenversicherung war nie die Rede, nur bei einem Kurzzeitvisum. Er wird doch über mich familienversichert, wenn er hier ist. Ich war im Dienst und rief meine Krankenkasse an. Man teilte mir mit, Ali könne bereits seit unserer Hochzeit über mich versichert sein. Ich soll morgen zu meiner Krankenkasse gehen und meine Eheurkunde mitbringen. Dienstag früh pünktlich zur Öffnungszeit um neun Uhr war ich dort. Leider musste ich dort erfahren, dass die Aussage vom gestrigen Tag

nicht korrekt war. Man wird meinen Mann hier familienversichern und das auch rückwirkend, aber dafür muss er zuerst einmal hier gemeldet sein. Vorher geht das nicht. Dafür bekam ich eine Bestätigung. Ich fuhr heim und sendete diese sofort nach Nairobi. Die Antwort ließ nicht lange auf sich warten. „Leider müssen wir Ihnen mitteilen, dass diese Bestätigung nicht ausreichend ist. Ihr Mann braucht eine Reiseversicherung für 90 Tage."
Warum das so sein muss, und warum davon nichts in den erforderlichen Unterlagen steht, weiß ich nicht. Ich rief in Berlin an und erfuhr, dies wäre jetzt der letzte Schritt. Wenn ich das jetzt erledige, haben wir es geschafft. Nun schloss ich online eine Incoming Versicherung für 90 Tage ab und wartete auf die Police die ich online erhalten sollte. Am nächsten Tag hatte ich diese immer noch nicht und rief in München an. Man sagte mir, dass der Versicherungsantrag vorliegt und ich bat um eine Zusendung per Email.
Als mich diese erreichte, konnte ich endlich nach Nairobi schreiben, dass jetzt Ali nun eine Reiseversicherung hat und dass es wünschenswert wäre, sobald wie möglich seinen Pass mit dem Visum zu schicken. Daraufhin bekam ich die langersehnte

Nachricht „Nun sind alle Unterlagen vollständig und der Reisepass wird voraussichtlich noch heute Nachmittag per G4S gesendet." Ich saß auf dem Sofa, zitterte am ganzen Körper und fing an zu heulen, diesmal vor Freude. Wir waren endlich am Ziel angekommen.

Sofort schrieb ich an Ali und hoffte, dass er den Pass am Donnerstag erhält, sodass wir für Samstag noch einen Flug buchen konnten. Sonntag war die Geburtstagsfeier meiner Tochter und es wäre schön gewesen, wenn Ali dabei sein konnte. Leider bekam er die Nachricht am Donnerstag erst so spät, dass er nicht mehr zur Öffnungszeit in Ukunda eintreffen würde.

So fuhr er voller Vorfreude am Freitag, den 17.11.2017 nach Ukunda, holte seinen Pass und fuhr zurück nach Hause. Erst dort öffnete er den Brief, mit allen originalen Dokumenten und dem Reisepass mit Visum. Er war überglücklich. Er schrieb mir sofort und obwohl ich wusste, dass er nun das Visum hat, machte auch mich die Nachricht überglücklich. Ali schrieb, „A dream come true." Er konnte es kaum glauben.

Danach buchte ich einen Flug für Montag, sendete ihm Geld für das Taxi und „den

Mann" der uns half und Samstag früh schickte ich noch das Flugticket per Email. So konnte Ali am Samstag noch das Ticket ausdrucken, die letzten Wege erledigen, sich von seiner Familie verabschieden und sich mental auf die Reise und ein neues Leben in einer für ihn total fremden Welt vorbereiten.

Samstagvormittag rief ich sicherheitshalber im Flugladen an und fragte nach, ob der Flug auch wirklich bezahlt ist, nicht dass Ali am Schalter steht, wie beim ersten Mal und der Flug ist nicht bezahlt. Aber man bestätigte mir, wenn ich den Flugschein bereits per Mail erhalten habe, ist auch der Flug bezahlt. Ein kleiner Rest von Besorgnis blieb allerdings, bis ich sicher war, dass Ali eingecheckt hatte.

Sonntag feierten wir den Geburtstag meiner Tochter und als die letzten Gäste gegangen waren, war es bei Ali Mitternacht und er trat seinen langen Weg nach Deutschland an. Er schrieb mir, dass er bereits im Taxi auf dem Weg nach Mombasa ist und dass er sich meldet, sobald er eingecheckt hatte.

Ich konnte kein Auge zumachen. Als es zwei Uhr war in Kenia, dachte ich, das letzte Mal, als ich zum Flughafen fuhr, waren wir halb zwei bereits dort. Nun müsste er doch auch inzwischen angekommen sein. Eine viertel

Stunde wartete ich noch, dann schrieb ich ihm erneut und keine fünf Minuten später schrieb er zurück. Er habe den Check in und alle Kontrollen hinter sich und alles verlief ohne Probleme. Wir schrieben noch bis Boarding Time war und dann konnte ich endlich schlafen, es war inzwischen 2:30 Uhr.

Montagmittag machte ich mich auf den Weg nach Nürnberg. Es war bereits Schneeregen vorher gesagt und ich dachte, lieber 3 Stunden am Flughafen warten, als zehn Minuten zu spät zu kommen.

Der Flug sollte um 17:05 in Nürnberg landen und ich war bereits 15:00 Uhr dort. In der Ankunftshalle las ich, dass der Flug circa 40 Minuten später erwartet wird. Nach einem Kaffee ging ich trotz Kälte und leichtem Regen auf die Besucherterrasse und verfolgte seinen Flug in meiner App. Endlich konnte ich den Flieger sehen. Es war so aufregend!

Ich ging zurück zur Ankunftshalle und wartete. Es waren gefühlt schon ungefähr dreihundert Leute heraus gekommen und ich dachte, wenn es ihm so geht, wie mir im September und er seinen Koffer nicht bekommt, kann es noch ein bisschen dauern.

Aber dann sah ich ihn durch die Tür kommen. Nach 9 Monaten und einer Woche war es

soweit, Montag, den 20. November 2017,
18:05 Uhr war Ali in Deutschland gelandet
und wir hatten unseren schier endlosen und
harten Kampf beendet.
Es war unbeschreiblich. Jetzt wird alles gut,
wir sind endlich zusammen.

ENDE

Herstellung und Verlag:
BoD - Books on Demand, Norderstedt
ISBN 978-3-7528-1403-3

Lightning Source UK Ltd.
Milton Keynes UK
UKHW020638031120
372717UK00011B/721

9 783752 814033